依据国家教育部和中央电视台

联合主办的《开学第一课》活动

·············"我的梦，中国梦"主题拓展原创版···········

芒果也要说再见

中央电视台《开学第一课》编写组 编

时代文艺出版社

图书在版编目（CIP）数据

芒果也要说再见／中央电视台《开学第一课》编写组编.—2版.
—长春：时代文艺出版社，2016.1（2023.7重印）
（开学第一课）
ISBN 978-7-5387-4925-0

Ⅰ.①芒… Ⅱ.①中… Ⅲ.①中国文学—当代文学—作品综合集 Ⅳ.①I217.1

中国版本图书馆CIP数据核字（2015）第257168号

出 品 人　陈　琛
责任编辑　孟宇婷
装帧设计　孙　利
排版制作　隋淑凤

本书著作权、版式和装帧设计受国际版权公约和中华人民共和国著作权法保护
本书所有文字、图片和示意图等专有使用权为时代文艺出版社所有
未事先获得时代文艺出版社许可，
本书的任何部分不得以图表、电子、影印、缩拍、录音和其他任何手段
进行复制和转载，违者必究。

芒果也要说再见

中央电视台《开学第一课》编写组 编

出版发行／时代文艺出版社
地址／长春市福祉大路5788号　龙腾国际大厦A座15层　邮编／130118
总编办／0431-81629751　发行部／0431-81629755
官方微博／weibo.com／tlapress　天猫旗舰店／sdwycbsgf.tmall.com
印刷／北京市一鑫印务有限公司
开本／710mm×1000mm　1／16　字数／120千字　印张／12
版次／2016年1月第2版　印次／2023年7月第3次印刷 定价／36.00元

图书如有印装错误　请寄回印厂调换

《开学第一课》编委会

编委会主任：韩　青　许文广

主　　编：许文广

副主编：卢小波

编　委：张雪梅　骆幼伟　张　燕　吴继红

　　　　刘翠玲　柏建华　孙硕夫　高　亮

　　　　夏野虹　钟　平　宋怡明　田　野

　　　　邓淑杰　李天卿　曾艳纯　郜玉乐

　　　　孟　婧

《开学第一课》的价值

有人问我，《开学第一课》的价值体现在什么地方？我认为最重要的就是全社会希望并通过我们传递出来的价值观。多元是时代进步的标志，我们尊重不同的声音和价值理念，但是作为教育部和中央电视台联手举办的一项公益活动，我们要传递的是主流的、与时俱进又符合中华文明传统的价值观。

在2008年，我们通过《开学第一课》传递了抗震精神和奥运精神；2009年正值新中国60周年华诞，我们在象征着民族精神的长城，为孩子们播撒下爱的种子；2010年，我们告诉孩子们，一个拥有梦想的民族，一个不断仰望星空的民族，就是拥有未来的民族，人生的每一个阶段都需要梦想的指引、坚持和探索，而每个人的梦想汇集起来就可能成为国家的梦想、民族的梦想。

举办《开学第一课》三年来，我个人也有一个梦想，我梦想这项目光远大、朝气蓬勃的公益活动能够坚持举办十年，让它给这一代孩子的成长提供正面的、积极向上的力量，这就是《开学第一课》的意义所在。

我希望全社会的力量汇集起来，给孩子们一种价值观的教育，中央电视台愿意承担使命，连同教育部把这项公益活动做好。我们也欢迎全社会各界积极参与、支持，从出版、纸媒、网络、志愿行动、慈善事业等各个方面，加入到这个追逐共同梦想、打造恒久价值的公益活动中来。

由此，我亦十分高兴地看到《开学第一课》系列丛书的出版，我相信时代文艺出版社正是基于我们共同的理想，以出版的力量为孩子们的未来创造了更丰富的阅读食粮，为《开学第一课》的精神理念提供了更多样的传递方式。

中央电视台 许文广

目 录

001

第三部分　梦里鸢尾几度花

第五部分　人生若只如初见

002

第四部分　右手旁边的左手

003

目

录

第七部分　笑遍全世界的草

第一部分

写给自己的骊歌

逆风而行的蝴蝶，扇动撼人奋进的力量；孤崖上的青松，屹立成傲岸的风光；没有失去航向的小舟，每一个方向的风都是顺风……执着本是生命的化妆，而且从来都是。

——方敏娜《执着——生命的化妆》

大 海

孔怡默

大海是我的宇和宙。

一

这是成长的赐予，因而无比珍贵。

这个世界上很多地方我们无法抵达，瑰丽的幻想远比出发来得更加直接。有无数个夜晚包容了我的静默，也有无数个瞬间，思想似乎脱离了自身，向着一处广阔之地优游。

我依然记得少年时在山林中迷路却不觉得恐慌——阳光那么刺眼，而我眼前的麦田像海洋般一浪又一浪卷来。那是金色的黄昏随着一种浩大声势反复袭来退去。我跑进那海洋中心，觉得自己似乎要起飞，和风一样穿越脚下的大地和头上晴朗的天空，在呼啸中开出繁盛的花。我看见麦田的深处，是海一样的神色，使年幼的我觉得欣喜并且心安。

谷穗金黄色的厚重，不是轻浮的收获，是真正阅尽风雨之后的成熟。沉甸甸的谷穗，每一粒都是一颗饱满厚实的心，老人般的温厚。它们不会在乎鸟雀践踏它们的身体，甚至也不惧怕老牛的铁蹄，它们的沉默是一种自内而外的淡然。每每我在田埂上凝视着它们，会觉出一种踏实的幸福。那时，我觉得自己是个真正的孩子，一个似乎做了什么都可以被包容的孩子。它们包容我像包容岁月那般虔诚而又勤勉。我甚至会想如果不属于人间，而属于这些温情的谷物该多么好。

我反复回想着深入山林的场景，问自己为什么会觉得孤独才是真实的存在。一个人静处，广袤的大地包容着我，喧嚣逐渐远去。我寻找包容我的襁裸，我需要的并非庇佑，而仅仅是慈悲。若干年后，我发现我寻找的皆是一种温情，她的名字叫大海。

二

我生长在浩繁的人间，这是真实。

我希冀过一盏永远亮着的灯，可惜所有的路人都是匆匆的过客，所有的微笑都是一闪而过的流星。我不能期待遗失在某个街口被人们捡回，也不能期待这世界理解我的幻想和眼泪。我并非不明白这其中的缘由，只是心有不甘，并且深深委屈着，再也没有一双永恒的眼睛和一双永恒的耳朵。走了很久很久，有一天才蓦然发现最珍贵的其实不必寻找，早已被我握在手心里。

你知道这世界最慈悲的字眼是什么吗？是父亲。唯一会悲悯我的人，唯一用一颗广博的心爱我的人，唯一把所有时光和梦想都倾注在我身上的人。父亲，是我生命最初的海洋，我是来自他心里的光。

我初中读书饥不择食，父亲知道我在读一些80后写手的书，蓄意阻止，说没有营养，因为他看见我的文字词不达意，空洞飘浮起来。我读余秋雨的时候，父亲又说读一下可以，不要学他的文风，要慢慢学会自己鉴别。我读散文，他很认真地推荐过梁实秋的散文，还有丰子恺的随笔。他有他的评判标准：认为言简而意味无穷，才是好文章。所以极讨厌我堆砌辞藻，我现在也极后悔当时没有听父亲的意见，以致现在总改不掉啰唆的毛病，文章里总有"赘肉"。

我曾在书柜的底层里翻出他年轻时的东西，那是20世纪80年代的复兴时期。家里有外国文学简编，甚至有《怎样写小说》这样机械的书，我窥出父亲少年时代的梦想，他年轻时肯定做过这样的梦，只不过现实坎坷，而道路漫长，他终于斗不过现实。于是父亲会对我说想写点什么就不要担心浪费时间，写东西比你胡思乱想好很多。我想，唯有他是懂的，懂我如何强烈期望通向这个世界，懂我如何希望被理解以及我需要的支持。他甚至懂我所有的小心思。

我对这个世界所有的期待都来自他。父亲的哲学为我设定过无数个彼岸，以至我不会在路途中迷茫而失去方向。他讲述一切我好奇的，我陌生的，用他的岁月铺我脚下的路。我是他心里永远的"赤子"。

我伤心或是快乐，都会打电话"烦"他。有问题他会很耐心地开导我，说不要紧，这些焦躁都是正常的，不要急，慢慢地，一步步来。但碰到另一些问题，却被训斥——父亲对我有一个极低的要求：他希望我变得粗犷一些，就像男孩子一样大气。他始终有担忧，最讨厌我钻牛角尖，他教我要宽容，宽容别人，然后宽容自己。

是的，有些事他怕我在心里郁积成疙瘩，所以，他说如果你胸襟不宽广，难成大器。有些事，学会包容才是不让自己受伤的最好方式。如果你不把目光放远，那就只会永远原地踏步。他一直都是知道的，甚至比我更了解自己。

他是海洋，可以包容一切的善与恶。每一个女儿都是幸福的，因为她可以通过父亲更好地知晓这个世界，并且学会宽容和大爱。哪怕最后一盏灯熄灭了，父亲也会引燃自己，带给我希望。所以这个世界可以被原谅，那么多的伤痛都值得被原谅。因为，有了伤痛，才能觉出幸福的不易。我是父亲用生命包裹的沙子，因为他的爱，最后磨砺出珍珠。

三

大海是生命的灵魂。

或许，活着的人们本身就是海洋。无论宽广或是狭隘。它们是纷繁生活的表象，也是全部，抵达或是找寻都因为向往深意。

有时候难免会觉得置身重峦叠嶂的阻碍中，只有放慢脚步，忽略那些本不重要的事，才能握紧自己的幸福，找到自己的力量之所在。

如果你要去寻找大海，就把自己变成大海吧。世界本就如此，守护好自己的心，守护善和本真。人间依然喧嚣盲目，只是你身处其中，要学会走向宽广。

城市里的树

杨绍东

　　城市里的树，如蜗居于城市里的人，遍布城市的每个角落，静静地伫立在人们刻意的构架里，在一轮又一轮的寒来暑往中，迎送朝云暮霞，守候日月星辰。

　　那些树太普通了，普通得让人们总是忽略了它们的存在。当人们步履匆匆地穿行于大街小巷之时，我们不知道会与多少棵有名无名姿态各异的树，相遇于风霜雪雨之中。只是这些树太平常了，如同陌路相逢的路人，每次邂逅不过是一次次简单的擦肩而过。那些原本就行色匆匆的脸庞，又有多少冷漠的神情，抑或有几多闲情逸致，去专注这些意义非凡的生命之树？是的，压力与烦琐之下，没有人会在意与陌生人转瞬即逝的一面之缘，更没有多少人在意一棵树理所当然的存在。

　　城市里的树，就其生长的自然规律来讲，与深山老林里的树其实没有什么两样。只要是树，都会严谨地遵循着季节更替的单调规律，完成大自然恩赐于它们的简单却又神圣的使命。

　　初春的某个晚上，当尘世间万物，突然被一只冬眠中最早醒来的虫豸细弱的叫声惊醒之后，伴随着阵阵春雷，从寥廓遥远的山野，由远至近滚滚而来，一直抵达仍沉睡在冬天的寒冷中的城市。那些早已在皱皱的树皮里蠢蠢萌动的芽苞，终于按捺不住内心焦急的等待，纷纷于春寒料峭的夜幕的掩饰下，探出嫩绿细小的毛头。第二天早上，抑或是第三天早上，仍旧沉浸于冬天的幻梦中的人们，如往常一般，在凛冽刺骨的风中，与某一棵树必然相遇之际，或许，只是一个不经意的抬头，便会惊诧地发现，往日嶙峋光秃的枝丫上，竟点缀着星星点点鲜嫩的黄绿。再抬眼望去，原来，这条街上所有的树，不知何时，竟然全部齐刷刷地，嘟嘟地冒出了如此多粉嫩的幼芽。那种与春又再相逢的欣喜，自然是满满当当地盈满心房。

虽然，是城市里的树，给这些每天疲惫地奔波于生计的人们，最早传递了春天到来的信息，但是，似乎人们并不相信，城市里的几棵树，就会为他们带来春天的美丽景致。他们会于某个周末，美其名曰踏青，不惜舟车劳顿，纷纷奔向远方的田野山间，寻找春天到来的那一抹痕迹。在他们看来，只有远离城市，才叫融入了大自然之中，才能真正地放飞自己的心情。几棵充斥于钢筋水泥间的树，没有似水的柔情，没有激滟的春波，又怎么能洗涤他们烦躁而又落尘的灵魂？

就算是夏季的到来，也并没有让城市里的人们，对一棵浓荫蔽日的树心存感激之情。不得已而外出的人们，自然不会傻到顶着头上毒辣辣的烈日在街巷中行走。他们总是会选择躲到有树荫的地方去。除了抢着胳膊擦汗，口中咒骂着气候的炎热之外，他们绝不会想到那些与他们擦肩而过的树们，那些为他们撑起一柄柄遮阳大伞的树们的好。在他们的心中，这些树，如果连这活都不干了，那还傻累在街边干啥？倒不如砍了送家具厂。

城市里的树，虽如山野中的树一般，经历着春发秋落的自然规律，但是，说到底，它们比起山野里的树，又多了一份无可奈何的悲哀。那些野生野长的树，自然不会有人去料理它们的生长状态，栉风沐雨之中，它们可以随着自己的心意，枝枝丫丫想怎么生长就怎么生长，不需要入谁的眼，也不会碍着谁的路。但是城市里的树，却无法由着自己的意愿随意乱长。人们总会按着自己一厢情愿的想法，把树修剪成他们规定的形状。有些不听话的树，如若想要和人们较劲，长出个旁枝斜丫来，那么，人们也会和它们较上劲，一把无情的铁锯，吱——吱——，来来回回地拉动，"咔嚓"声中，树，终于又变成了人们理想中的模样。人们看着自己的杰作，满意地点点头，笑着走开了。只是，唯有树自己才知道，那道触目惊心的伤口上汩汩流出的树浆，是它们无语哭泣的眼泪。

很多时候，人们总是虚妄地认为，自己便是这个世界的主宰。一棵树的命运，更是在人们的手掌之中。只是，可怜的人们，你们不会没有见过那些虬枝盘结的老树吧？站在沧桑的历史中，虽然它们只是用肃穆的静默来面对风云迭变、人间百态，但是，不语的它们，却是见过连我们都不可能谋面的，那些在过去的年代里也曾步履匆匆地穿行在这个城市里的，一辈又一辈的祖先们。对于生活在城市中的人们，不管是达官显贵也好，凡夫俗子也罢，百年之后，永远都只会被称之为这个城市无足轻重的过客。而那些曾与我们一次又一次相遇的树们，它们又将在四季的轮回中，悉身亲历我们的后辈们，再次重复着我们曾经重复的祖辈们的故事。

或许，只有这些树，才更像一个城市的主人。也只有这些树，才是一个城市真正的灵魂。

印象·上海

陈 瑶

> 我听说过你的繁华，也目睹过你的骄傲与不可一世。看你多年
> 来风云变幻的沧桑，一回首我抵上了你深深的双眸。
>
> ——致上海

如果一座城市也会有年龄的话，我愿抛开上海的悠悠历史。我会说，上海是一位青年女子。她有着醉人的双眸，风流的身段；着旗袍亦典雅，结彩带亦妩媚；或动或静眉间却又蹙起一抹淡淡的迷惘。

有朋友说，上海是一座绝望的城市，我却不敢苟同。上海只是有一点点的矛盾、复杂，而让人迷惘罢了。今日上海，从不绝望。恰恰相反的是，上海处处有着蓬勃的生机：中山南路的行人依旧步履匆匆地消失在某个写字楼内；复古建筑里那些历史悠久的银行依旧粉饰着昔日的金碧辉煌；遥望黄浦江，游轮如织的背景上，上海的摩天大厦在阳光下粼粼闪光；友谊、上海商厦依旧在夜幕下光芒万丈；而那88层的金茂大厦，那上海之子东方明珠，仍旧不知疲倦地载着一批又一批登顶观光的旅客。在这个庞大的城市里，每时每刻都穿梭着各式各样的人群，路边依稀着的，是炊烟袅袅的小早点铺，是芳香四溢的糕点坊，是灯红酒绿的歌舞场。一切繁华而歌舞升平。

我也曾听到过一个迷人的比喻，说一座城市就是一座桥。那么上海应该是一座金色的巨大而冗长的桥，桥上铺着黑色的光亮的大理石地砖，桥上却又下着小雨，显得雍容与清逸。有风吹来，没有油纸伞没有丁香一样的少女也没有才华横溢的诗人，只有天边那一抹淡淡的云霞笼罩着淡淡的怅惘。

同样喜欢的，还有上海那些古老的街道，有着高高大大的绿油油的法国梧桐。阳光静静地漫过街道，漫过那些深门大宅上锈迹斑斑的铁锁，漫过一个又一个亮晶晶的展柜，漫过这个城市所有豪华雍容的高楼商厦。轻轻静

静地，阳光把这个古老又年轻的城市包裹。撑一把薄伞遮阳，足迹踏上路边年代久远的路牙，歪歪扭扭地努力保持着平衡，这是一条很安静很安静的街道，尤其是在午后。眯起眼睛抬起头，看着远处的一座高楼，暗暗思忖究竟在三十一层的哪一个窗口内，有着我暂放的行囊。阳光慵懒得如同一群振翅的白鸽，从长街的这一头，覆盖到长街的那一头。此时此刻，站在这样一条略为偏僻的午后街道，我感受到了在天府杭州也未曾有过的安心。繁华之下风尘之后，上海清澈而美好，静若处子。她有着"从容入世，清淡出尘"的绝佳魅力。

细细小小的雨丝中，缓缓走过那些嶙峋而粗糙的墙壁，触进20世纪上海滩古老而又沉睡的骨骼里。雨丝并不冷，仅有些凉意。指尖划过那些凹凸不平的墙体，划过墙体上那些古老的石灰雕塑，划过彩色玻璃窗下的繁华呓语，划过血红色的上海古旧的门灯，伴随着指尖微微的麻痛感，轻轻走进上海的背影里。或许，10年前、20年前、30年前、很久很久以前，也有这么一场雨，细细微微地，冲刷着上海古老的建筑。黄浦江边，华都上海，那滚滚东逝的江水荡涤过多少动荡的岁月。从轻歌曼舞灯红酒绿，再到枪声四起风云骤变，直到今天，上海似乎一直是一个矛盾的存在，如今，我依然可以在上海这座城市里领略到新旧的交替并存，领略到动与静、繁华与安恬的唯美结合。

然后就站在上海落雨的街头，站在那样一株雨中的梧桐树下，伸开手掌，让雨滴顺着我的掌纹流淌。

晚上，当我站在游人如织的黄浦江边，看着江对面的万家灯火，恍惚间有一点点想要落泪的冲动，随之而来的，是覆盖骨骼的空虚与落寞。是啊，人类是何其伟大，创造出这样一座金光闪闪的城市；人类又是何其渺小，看那江水滔滔，竟不曾作一秒的停留，却荒芜了多少历史的烟尘。我睁大眼睛看着江面上浮动的星光，背后是嘈杂的拥挤的人群。江就在我脚下，可我闻不见江的味道；我看见的，只是大团大团的墨色江水，我听不见浪与波涛。

无论是或否，明天就要走了。

上海，再见。

夕阳·开封

黄志明

开封之旅，一段无法忘却的记忆。

我站在开封落满尘埃的街道上，看它拥挤的屋棚遮住了天空；看它刚刚发掘出来的古城墙，在灰蒙蒙的天空里显得矮小。夕阳下的铁塔，无声伫立。

我失望了，为我所看到的开封而感到失望。在我的记忆里，有那百米长的《清明上河图》和那"车如水流马如龙"的喧哗众生，可它们不是现在的开封。

除了叹息还是叹息，听当地人说，《清明上河图》上所画的地方早已在如今开封城下几百米处了，黄河的泛滥早已冲刷了一切痕迹。

可是，宫殿还在，铁塔还在……顺着一层层的阶梯，我上了铁塔。登上塔顶时，夕阳仍在，为这个古老的城市添上一抹金色的光芒。

据史料记载，开封共被淹没过七次，而据今人研究发现，开封却是经历了十余次黄河泛滥。一次次的毁灭，一次次的重建，这需要怎样的一种韧性与决心？洪水冲走了房屋、牲畜甚至是人，而过后人们又回到这片土地上休养生息，耕种育养，这又是怎样的一种信念？

我不禁想起了那个有着惨烈结局的庞贝古城，一次火山爆发就将其定格为永恒。而开封呢？每一次的洪水都会带来巨大的代价，每一次的记忆都是如此的惨痛。可是，人们并没有放弃，在洪水过后开封依旧可以重新兴盛。庞贝如同一只扑火的飞蛾，在死亡之际释放出盛大的光芒并永存于世人的记忆中。在我看来，开封如同一只蛹，一只能够一次次将痛苦与磨难缠绕成丝的蛹，它在痛苦的蜕变中将痛苦抽丝剥茧成生存的勇气，最终获得新生。

这样，开封便不再是一个悲剧。

010

塔下已经星星点点地亮起了路灯，从高处望去，比白天可爱几分。我已不再为我所看到的开封沮丧。开封，它将中华民族坚韧与不屈的精神发挥得淋漓尽致。在当今世界，毁灭七次而又重生七次的城市，恐怕也就只有它了。层层黄沙，托起一座新生的城，更托起了一个民族不朽的生存信念。

　　我站在塔上仰望，看见的，是一个生生不息的民族的高度。

叶 之 颂

许雪菲

她差一点点就可以成为参天的大树——招展着绿色的枝条，魁梧的身材，有令人羡慕的威风。

可是她没有。

她差一点点就可以成为美丽的小花——打扮着精致的容装，安心享受风的吹捧，等待春天的到来。

可是她没有。

她固执地相信一片叶子也能绽放美丽，给世界留下点什么，证明自己来过。

想起当初，从黝黑的枝丫里探出头来，小心地瞅着这个庞大的世界，曾觉得自己是多么渺小。但她相信自己一定有存在的价值。她看到自己清晰的叶脉，里面生命的汁液在蓬勃地流动，绒齿整齐地排列在边缘，但它们似乎那么柔弱，抵抗不了虫子或风雨的侵袭。

她活得自足且盎然，经一滴露便当作大自然的馈赠，见一只鸟便招呼它在自己的肩膀上歇息。她喜欢晒太阳，看见阳光，她便觉得体内有股力量喷薄而出。

她终于从长辈那里明白自己生存的价值，她欣喜若狂，每天执行着自己神圣的使命——吸收二氧化碳，放出人类生存的必需品——氧气。虽然"无私奉献"从来都不是人们用来形容她们的写照，虽然她们的付出微不足道，但她们凝结成一棵树的力量，凝聚为一个奉献的梦想。

但是危险无处不在，威胁着弱小的叶家族。一天晚上，遭遇了虫的袭击，她奋力用自己的武器抵抗，但没有丝毫效果，她的伙伴们，只能看着她一点一点地被虫子吞噬。她经历了沦肌浃髓的痛苦，终于被咬断了与母亲连接的茎，虚弱地飘了下来。

她的目光掠过那些开得繁盛的花儿们和正活跃的草儿们，然后静静地落在泥土上，她觉得这泥土是那么的温暖和宽厚，接纳了她残缺的躯体。她不甘心就这样结束，她知道秋天落叶是要归根的，她们用尽最后一丝力气，把自己埋进土壤，为了来年后辈们更好地生长。她只是提早做了这样的事，把自己埋入土壤，然后安心地阖上眼，眼角划过一滴满足的泪。

我在闷热的夏天里看到了一片残缺的叶，却也听到了这样一个动人的故事。

写给自己的骊歌

李宇涵

仰起头，嘴角泛起粲然微笑。老街角，依然弥散百年酝酿的酒香……

又有什么可以形容时间短暂，快得是那么任性决然。一如哈根达斯在火山口的消融，那隐秘的背影，只剩留人的感伤。若干年后，才隐隐发觉：最是少年离别时，若离去，后无期。

知遇，恰在那个绵长的雨季。见到你会不禁吟起海子的诗："她走来，断断续续走来，洁净的脚，沾满清晨的露水。她有些忧郁。"你却像诗中的一张白纸，美若惊鸿，面貌清癯，让我不可抑制地想去膜拜你。这么些年，你恰是我失意时的一缕明晰阳光。

"我喜欢你是寂寞的。"聂鲁达的诗竟出自我的拙口。但，这是我对你最真挚的告白。

我们是乖小孩，却也会静静地使坏，只因我们在大声宣布"半熟"宣言。于是，我开始肆无忌惮地大笑起来，没有顾及形象，即使没有笑的原因。

午后，我们偷偷躲在校园墙角处舔冰淇淋。毫无吝啬的阳光投射在我们的怀里，照得你耳后光环熠熠生辉。盛夏的小草被园林工修剪得无可挑剔，毛茸茸而愈显生机。竟也童心未泯，俯下身，看蚂蚁世界的舞蹈，无可比拟。你安静地把头靠着我的肩胛骨，喃喃呓语，竟旁若无人。彼时，一个字，一个微笑，已经足够。

你说我和你，都为了此刻，着迷。

只是时光催人泪，当记忆尘封睡眠后，就只有你值得我去缱绻。

模糊愈来愈多，如苍穹蒙上的淡淡薄雾，满眼的不真切。

欲盖弥彰的年华，岁月里已破碎的剪影，沉淀在岁月的轮回里，拼命麻痹自己，佯装不难过，病恹恹地说bye……天空中的飞鸟，我把他们遗失了，你能不能帮我找回来？

　　一直在熙来攘往的人群中寻找一种满足，一种释然，但世界太大，总有一些，我找不到。

　　于是乎，就这样离开。默默地。空气中弥漫着青草泥土的芬芳，一种催人泪下的味道，急切地要逃之夭夭，如此让我窒息。泪水模糊了双眼，等我擦干眼泪再看时，地里空无一人，悲伤的骊歌在上空飘荡，夜夜夜夜，永不停歇……

　　这个夏天，头一次，肩头上，失去了，你给的氤氲……

　　青春是一道明媚的伤，我没有哭，眼泪却流下来了。

执着——生命的化妆

方敏娜

看到逆风飞翔的蝴蝶，我收获了卑弱生命执着的清唱；眼光抵临悬崖边的一棵青松，我倾听到了岩石缝隙里不屈的呐喊；俯视到楼房夹角处的那束金色的花朵，我触到它每一片叶脉里不倦的力量。

——题记

最后一秒

夜晚把人们的身体搬到了床上，而你的思想开始奋力前行！

眼睛在黑夜中无法走远，但是你的一束灯光却拨开了我的蒙昧。在一方矮矮的屋子里，我看到了你的身影。看到黑暗在你四周节节败退。你单薄的身影此时正斜斜地画在地上，在灯光里安静无语。沉浸在求知的书海里的你，好像要吸纳所有来丰盈自己。笔在书页上耕耘，你像极了一位在田畴里耕作的农人，醉着新翻的泥土气息。母亲伛着腰披着睡衣一声紧一声地催促，你听到的催促里沉淀着满满的疼惜，合上书，安恬地安慰母亲，在母亲匀称的呼吸里你调暗了灯光。你的心中一直活跃着一位母亲的感言，最终飞越大海的往往是动作笨拙的海鸥。你坚持着，不放过最后一秒，深宵的灯火，漂白了四壁。

你用了比别人多出一倍的努力和坚持，最终迎来了全省第一的佳绩，当老师让你说感言，你只说了这样一句话："坚持，哪怕最后一秒钟，也不能放弃。"你是素朴的一首诗，坚持是其中的警句。

快乐着活

巷子里的早晨醒来得早，两边的摊点正描写着火热的段落。就势来到街上，热腾腾的面条借着筷子在哗拉拉抒情，馄饨把自己包成丰腴的模样氤氲在袅袅的蒸气里。一吸入口的感觉，匀称而生动。他站在自己的小摊边，看着，甚是满足。

活着其实不就是这样简单吗？但是如果你活得懦弱，活得平庸，活得魂魄远离躯体，好像脸上也涂抹着笑，但是总觉得那些笑太浅，或者可以说并不是出于心底深沉的快乐，那该算是本能的泛滥。活着并快乐着并非易事。它需要你适时地付出，有时还要不计成本地付出。你计较多了，心里的快乐就像鸟羽上系了黄金，能飞得动吗？你还要知道，生活的长河里有坦荡如砥的平原，也指定少不了戈壁、险滩、黄沙漫漫。心里没有一片绿洲，你怎么能愈合被戈壁砾石划伤的疼痛？怎么不在险滩的淤泥中黯然神伤？怎么可以不被漫漫黄沙兜头罩住前行的方向？

持有一颗淡定的心，执着的心，活着才可能快乐，才可能幸福。

风干泪水

眼泪，可能是你内心伤痛的明证，我想着落下是对伤痛的分解，但是到你那里分明添了一段不了的怨怼。

考场上，至关重要的一道题，分数却在你的粗心里被狠狠减去，好像剪断了你的梦想一样。事后的你眼泪决堤，好像要淹没了自己未来的路。你恨依靠一次考试决定结果的选拔。可是这样的选拔只能漠视着你的哭诉。其实我只想告诉你，考试不相信眼泪，就像幸运不相信眼泪一样。与其在这里消耗自己，卸去元气，不如将所有悲伤转化为动力，投入到下一条河流，谁说河流的方向不是通往大海的呢？去拼搏吧，坚持下去，坚持下去。不要在情绪的漩涡里浮沉了，唯有理智才能拨开阴霾，迎来云开初霁。风干眼泪，以这次的失误为经验的累积，把它当作一块跳板，执着地向生活的深涧纵身一跃。记住姜钦峰所说的话："这个世界不相信眼泪，只承认汗水。与其在泪水中消耗自己，不如在汗水里拼搏！"

逆风而行的蝴蝶，扇动撼人奋进的力量；孤崖上的青松，屹立成傲岸的风光；没有失去航向的小舟，每一个方向的风都是顺风……执着本是生命的化妆，而且从来都是。

有一盏灯，在前方

刘芷岩

黑暗中徘徊，不知道身处何方；没有方向的感觉，仿佛身处的是一个溃散的空间。想呼唤，却不知谁在身旁；想哭，亦不知泪落何处。孑然孤身，不知何去何从，甚至不知走在这片黑暗中的意义。

寂寥与恐惧涌上心头，将残存的那点希望窒息，扼杀。不愿去想走这条路的意义，也不想回忆走这条路的初衷。寂寞其实是一种考验，很多人被打败，只因寂寞。

当寂寞即将斩断我的精神时，我看到一丝微弱的亮光，依稀可见。于是黑暗中有了一盏灯。虽然这灯微弱得如烛火一般，但那一点点光亮却冲破我心中的阴霾。我心安，忽而觉得这片黑暗似乎并不是无止境的。于是，我向着那盏灯的方向，仿佛怀着生命的希望，迤逦着跌跌撞撞地向前走着。

走出黑暗，柳暗花明。可是那盏灯还在我的前方，依然如星般璀璨地闪耀在我前方……

其实每个人心中都有这样一盏璀璨的灯，它叫"希望"，在那条叫作"成长"的路上指引着我，挣脱黑暗，昂扬前行。

听过这样的歌词，"是否还依然/在门前挂一盏小灯/牵引我回到你身边"，讲的是离愁。凄凉的场景会出现在幻想的梦里，她在门前挂了一盏小灯，只为指引着远方思念的人回到身边。于是对于她，灯成了寄托；对于他，灯成了归来的方向。也许她的心里也有一盏灯，那就是他的承诺；也许他正在黑暗中呼唤她的名字，努力地寻找灯的方向……

或许那盏灯存在于唯美的梦中，没有现实的喧嚣伤悲；或许那盏灯在山之巅海之彼岸；或许那盏灯只在你面前，你动它也动。虽然灯或明或暗，或远或近，但你终究拥有一盏灯。可怕的不是那盏灯的遥远，而是没有那盏灯。没有那盏灯，一切会在纸醉金迷间流走，会在黑暗中迷失，会在不知所措中颓废……

　　我们该庆幸，沙漠中的迷路者们以惊人的毅力前行，获救；我们该庆幸，丛林中的弱者在奔跑中逃离死亡；我们也该庆幸，我们在青春的泥潭中蹒跚走出。我们，他们，它们，都有一盏灯，那盏灯的意义是，在生命这条路上好好地走下去。

　　其实不如这样说，是那盏灯照亮了我们前行的路。你我都是路上的旅人，灯牵引着我们走上各自的路。虽然带着一身仆仆风尘，虽然一身的疲惫，但也要走下去，因为灯在前方等着我们。不必怀揣忧郁，不必彷徨无助，因为我们有了那盏灯——希望。

　　有人说"梦想是指路明灯"，有人说"你的前方永远有一盏长明灯"，有的歌词说"星星点灯，照亮我的家门/让迷失的孩子找到来时的路/星星点灯照亮我的前程/用一点光温暖孩子的心"……于是我说，灯在前方，让我们，一路前行，去寻找那盏灯和灯影里等待着我们的那些人和事。

　　长路漫漫，一切都是过眼云烟，你我有灯，有希望。挥挥手，告别黑暗，向前走，因为有一盏叫"希望"的灯，在前方。

　　　　四野茫茫一片空旷
　　　　时间与黑暗带来的只有遗忘
　　　　怀着恐惧盲目在路上游荡
　　　　心中泛起失望
　　　　抬头看前方
　　　　看见一点亮光在风中晃
　　　　那是一盏灯 叫希望
　　　　于是重新上路激起一路生命的浪

嘘，听——

偶尔很有感触地撑着头，放一张很喜欢的CD，开到足以掩盖其余的声响，想象一种很遥远的生活。母亲总说，我把那些分秒即逝的时间花在那种虚幻的想象中一点儿不值得。而自己有时好像真的入了迷似的找寻世界另一边的自己。

我相信世界另一边有一个遥远的自己。或许我是一个歌者，在世界某个角落的舞台上唱着歌。唱F大调的明朗，唱降b小调的热情，唱D大调的稳重，唱G大调的悲哀。生而为唱。

小时候梦想着长大后当音乐家。喜欢听音乐，偶尔也会用钢琴弹奏些曲调，用脚步勾勒些乐符，对着镜子唱着那点点滴滴的相信。只是怎么也模仿不来那样的味道。喜欢由一个一个音符构造出的画面。觉得音乐是那样的纯粹干净，不沾染那些世间无谓的喧闹。乐谱就像画布，音符就是涂抹于其上的色彩。偶尔星光璀璨，偶尔乌云弥漫，偶尔彩霞满天。闭起眼睛，用耳朵就可以很小心地触碰那一点点音乐的温度。肖邦的夜曲、莫扎特的安魂曲、贝多芬的月光、小约翰·施特劳斯的蓝色多瑙河、门德尔松的无言歌。那些歌总是让自己的内心很沉静，无心去臆测那些凡俗世事的真真假假。

我想，唱歌的时候世界一定是安静的。可能看不清台下匆匆过往的听众。只是穿着拖地的米色裙子，对着台下自信地歌唱。歌唱自己的成长。歌唱昙花慢慢展开花瓣的瞬间。歌唱露珠顺着叶片滑下的安谧。歌唱别人不曾知道的，埋藏心底的感悟、悲伤、感动，失望、后悔、成长。

这样一个歌者或许是命中注定的卑微。歌唱一生都没有人发觉她的内心。但只要自己懂得，自己明白那份坚持，相信所唱的歌能被人喜欢，被人记得，保持着那份信仰就够了。

而最终可能她就那样死去，死在舞台上。可能是轰动一时，也有可能默默无闻，就像在大千世界里又一朵花枯萎一样平常。没人像她相信的那样记得她，没人再像她一样纯粹地歌唱。可即使还来不及让任何人懂，她也依然勇敢地诠释着自己。正是她内心坚信自己的那份与众不同给予她坚持的力量。

那些懵懵懂懂年纪的幻想就好像焰火，突突地冒着火花，窜到黑褐的夜空中，闪耀不见。可我不知道为什么，只是这样缥缈地感觉世界另一端的自己，却可以让自己万分安心。我想那是一种梦想幻化成的翅膀，真实地扇动着。这样的想象最终可能没有飞上天，可是依偎着这样的最初的幻想，我好像可以侧耳倾听到自己成长时的鼻息。

嘘，听——

你一定可以听到住在你心里面的那个孩子，正小心翼翼地唱着你早已忘却的梦想。

我的文字在跳舞

刘宇珊

再一次认真地直视自己，不知道自己到底是个怎样的人。

叛逆的我，乖巧的我，冷漠的我，热情的我？好像都不是。因为我觉得人都是有两面的。

但是我所有的倒影里，只有文字里的我才是最真实的。如果非要给文字定个位，我觉得它是无可取代的。它们或优美，或简单，那里面有最真实的我。

我喜爱文字，我笔下的文字。

我知道这条路会很难走，会很孤独，会很艰难。

但我还是选择了它，用手中的笔，记录下沿途的风景线。

忘记了那是哪一年的春天，我还在犹豫着到底要不要走这一条路。我不知道未来的路途会有多少坎坷，自己能不能坚持。

那一夜的夜风醉人，阳台上的花儿都开了。我不知道它们的名字。但却喜欢花香掺杂着清凉的夜风吸进鼻间的感觉。那是种如梦如幻般清冽的香气，在柔情的黑暗里显得诡异而妖冶。

我的手里是老师给的一本作文集。小桌上还有父母贴心准备的茶点。他们都希望我走上这条美丽的路，但我却依然在犹豫。

我低头看着手中的文字，它们总是会绚丽而精彩地表演出我想象的东西。而且不卑不亢，有如莲花般圣洁的模样。

它像是一种神奇的独舞。没有什么可以代替。

于是真的就义无反顾地踏上了这条路。有了最开始最单纯的理由——只是觉得文字这种独舞，充满了神秘而让我着迷。

此后的日子因为有了文字，而变得绚丽而生动。我开始追求。通过手中的笔，迫切地想要得到这种独舞的灵魂。

在此期间发生了很多很多故事。有人和我一起前行，也有人中途离开。

有人信誓旦旦地向文字宣告要对它忠诚一辈子，但他们都不是真的喜爱文字。也许，只是为了写而写。

真正一直走在这条路的人，真的不多。

但我依旧用手中的笔，一点一点地描绘，一笔一笔地勾勒。

就在我一边思考着为什么喜爱文字一边憧憬着自己的文字也能跳舞时，我狠狠摔了一跤。

一次很大型的作文比赛，我很用心地让文字表达出我的感情。谁知道一失足成千古恨，走出考场才发现自己的作文写得有多糟。

于是就让一个同我一样追求文字的对手，以从未有过的骄傲姿态胜出了。

也许因为挚爱，所以对自己要求很高——这样的一次失败，是我不允许的。

我疲惫地躺在床上，细数着过往一切一切有关文字的回忆。它们真实地告诉我：曾经踏下的脚印是多么坚定而幸福。现实，又是多么残酷。

我想要放弃。就像曾经的犹豫。

但放弃自己喜爱的，又谈何简单。如果就此放弃，那么文字，会是我一生都难以触及的痛。

在很多人的劝解下，我终归没有说出"放弃"，反而更坚定了自己的信心——

也许会迷失方向，也许会犹豫，也许会迷茫。

但不经历风雨，怎能见彩虹。

花开花落，

我的追求不会凋零，

那些留在天空中的灰烬，

且让它留在身后。

我想要让我的文字跳舞。

在这个微凉的季节，

我做了个甜美而冗长的梦。

我梦见，

我的文字，在跳舞。

第二部分

有双眼睛不会老去

　　在母亲的鼓励下，最终，我走出了阴霾，适应了这新的环境。我知道，我不是一个人在踽踽前行，在我身后，还有母亲源源不断、无怨无悔的爱。而我的努力，就是对她的最好回报。在不懈的努力下，我准确地找到了自己的位置。而当我终于成功时，我看见，母亲的嘴角，是掩饰不住的笑意……

——庄莹《清茶之爱》

今世的五百次回眸

韩　茜

佛说：前世的五百次回眸，换来今生的擦肩而过。

因而常常会忍不住询问你，究竟是前世五百五千五万五亿次的回眸，还是我们生生世世攒聚起来的缘分，让我们在这一世有了最亲密的关系。

你是母亲，我是女儿。

你相信一个传说：女儿是父亲前世的情人。因为前世有所不甘，所以今生要投入他的怀抱，被他深爱着，做他的女儿。

你温暖的手指滑过女儿平滑的额头、柔顺而又平凡的眉眼，带着淡淡的微笑对身边的他说，"瞧，这个孩子多么像你。"

你相信，前世的我们对同一个人都怀有难遣的眷恋，也许因为没能终成眷属，也许因为那份怨愁剪不断理还乱，在奈何桥上一次次的回眸之后，最终让你成了我的母亲。

你像所有深情的母亲一样，尽心地为女儿编织起一个温柔的梦。

你喜欢把我放置在膝头，给我念故事或是听我说白天发生的琐事；吃饭时不允许我讲话，因为你曾经有过被呛得泪涕横流的经历；上学以后每天都要陪我一起坐在台灯下，捧着厚厚的书认真阅读，不时地出去端杯水进屋，如果端进来牛奶，就要催促我喝完了赶紧睡觉。

每一件衣裙，都有阳光甜蜜的味道。

每一个童话故事，都有幸福的公主和王子。

每一个和你度过的日子，想一想就会忍不住弯起唇角，像你一样温婉而满足地微笑。

你对我而言就像是空气。

这么说也许会惹你不开心。

但是亲爱的妈妈，你对我而言，真的是空气一样自然的存在。

睁开眼第一个看到的是你，难过时第一个想念的是你，想念时第一个呼唤的是你，第一个爱的人，也是亲爱的你。

今生五百次地凝望你。认真而又仔细地记住你黑色的垂至肩头的海藻般的长发，记住你乌黑的美丽眼眸，记住你眉端的红痣，记住你笑时女孩子般调皮的唇角，记住你干燥但是温暖的指尖，记住你温和的声音。

来世，用这来换取你的一面之缘。即便在茫茫人海中，我也能够一眼就认出你。

今生五百次地凝望你。为你梳发，为你按摩酸硬的肩头，为你暖脚。在你开心时，伏在你的膝头听你轻轻地哼唱那些随时间一起醇香的歌谣，然后仰起头看看你女孩子般自在的神情。

来世，用这来换取与你的相遇，然后是相识相知。

今生用数不尽的爱来保护你。当你青丝成雪，而眼眸依旧如婴儿般澄澈温暖，我会轻轻覆上你的眷恋，像你曾经做过的那样保护你。拉着你的手过马路，给你念报纸，陪你一起在阳台上浇花，和你一起在楼下晒太阳。我想，在沉静岁月中你也一定是个快乐的老人，有自己的朋友，和那些可爱的老太太们一起春游，一起做桂花糖，一起等待明天的到来。直到死亡将我们分开。

来世，用我的一生来换取一次爱你的机会。

只不过——来世，你做我的女儿。

给 父 亲

王雪妍

还记得前段时间，我因为自己的蛮横自私，不明所以地躲在房间里怎么也不肯出来。我记得老妈劝不动我，哽咽着跑了出去，你最后也不得不为了我这样一个任性倔强的孩子，暂时放下你高大严肃的形象，温和地劝我。

你说，我们都知道你是好孩子，不要为小事想不开。

你说，咱们是一家人，还有什么不好解开的结。

你说，你是我们的孩子，你出来，我们还像以前一样，有个完整幸福的家。

后来你听到我在里面哭，以为我受了委屈，可是你不知道。就算我最后还是碍于自己的臭架子没有被劝出来，其实当时的眼泪是感动大过了悲伤。

我记得，你偶尔也会很孩子气。

每当不用面对繁忙的工作和形形色色的人，你便待在家里逗狗养鸟喂鱼或是打理花草。看着你忙前忙后却不亦乐乎的样子，我突然明白了幸福的含义。

有一次，我盯着你的啤酒肚皱了皱眉，有些怨艾地说，你咋成这样子了啊。

你听了之后几百个不愿意，急忙翻出从前的照片给我看。照片里是个年轻的男子，身材高挑，正值青年，充满朝气。

你极孩子气地说，呐，你看看我当年啊，现在是身不由己，你以为我想。

我假装没听见你的辛酸，继续漫不经心地翻相册，其实心里却是一凛，而后微微泛凉。

你在事业上如鱼得水，和社会上的各色人物都能相处融洽。在家中，你任何事情都打理得井井有条，对我和妈妈关心备至。这么多年，我一直觉得你是个特强特硬的人。

可是后来才知道我错了。

几年前姥爷心脏病突发不幸去世，在悼念会上，我看见你揽着号啕大哭的母亲，神情中分明闪过了一丝哀恸，但随即还是不动声色地擦擦微红的眼睛，调正声色，轻拍着妈妈的背说，别哭了，别哭了，一切都会过去的。

知道吗？虽然第一次看见你落泪，但你在我心中的形象却因此更加完美和高大。

因为公务繁忙，你也不得不在酒场中一遍又一遍地走形式。表面上轻松得很，而晚上回家，更多的是看见你一头倒在床上，累得鞋都不想脱，那时，我才知道你的身心有多么疲惫。

有一次你晚上喝多了酒，坐在沙发上握着我的手，喃喃地说，孩子啊，我们只希望你快乐……你快乐我们就快乐了……

我怔怔地看着你，不知道该怎么回答，我怕我一说话，眼泪就会不由自主地落下来。

你有一次去北京出差，我随便发了条短信说"注意身体"。你却十分开心，没事就拿出来念叨。每到那时我都会感到十分惭愧。我作为你最亲的人将近十七年，却是当得如此不称职。

我在此之前，还不曾察觉你爱我至此。

无论我怎样特立独行你都会原谅。无条件地帮助我，保护我，对于我自以为是的小聪明总是一笑而过并给予最大的宽容。时刻紧张于我的健康，喜欢带我到处旅游，开阔眼界，总希望我将来的世界比你的更大。

而如今我才明了，那温暖的，厚重的，巍峨持重、疏于张扬的，隐藏在坚硬外壳下的感情，是你给予我的沉甸甸的父爱。

父亲，请继续坚强幸福地生活下去。

读 你

黄 洁

过去的十多年，我每天，都在读你。

你生命的大书里，没有雄浑的篇章，却有精彩的语段；没有华丽的文字，却有动人的词句；没有激越的感情，却有一颗细致的心。

我愿意，读你千遍；我愿意，读你一生。

读你，我读懂了坚强。

如落叶般飘逝的岁月里，你无奈地带着我，一次次地，从一个家庭搬进另一个家庭，面对亲人的决裂，世人的嘲讽，你以弱小的身躯为我撑起一方天空。每每抬头看你，你总是沉默地谱写生命，尚不解事的我，好奇地阅读你心灵的日记，不尽如人意的际遇充斥在你生命的章节里，然而我没有发现眼泪和叹息，却在字里行间读懂了坚强，它正是你顶住天地的那一份毅力。这份无言的坚强震撼着我的心，教我勇敢面对往后的风雨。我反复读你，读你坚强的双鬓。

读你，我读出了乐观。

生活的乌云经久不散，拮据的日子我和你相依，你每天拖着疲劳的身子工作至深夜，笑容却依旧灿烂，似乎没有感受到生活的压力，我仔细揣摩你生命之书的一词一句，发现淡淡的忧郁被清晰的乐观彻底冲洗。在你整个人生著作里，始终充满着笑意，平凡的情节里，我读出了乐观，正是它为你的生命洒下勃勃生机。你清脆的笑声在我耳边回响，告诉我人生的路如何继续。我不分昼夜地读你，读你乐观的眼睛。

读你，我读透了善良。

若干年后，终于，那些曾伤害过你的人悔悟委屈了你，一张张曾经狰狞的脸孔恳切地请求宽恕，我依然咬牙切齿，你却以宽广无边的善良包容了一切。你的平静催促我认真地读你，原来你早已轻轻地把苦难和仇恨抹去，无痕无迹，我头一次深刻地读透了善良，正是它使一度轻蔑你的人自责不已，你柔和的善良指引着我，让我明白了如何善待世间一切的生命。我不知疲倦地读你，读你善良的背影。

你的生命大书里洋溢着对生活的热情，跳动着一颗高尚的心。

过去的日子，我每天，都在读你。

往后的岁月，我每天，都将读你。

母亲，读你，读你千遍也不厌倦；读你，读你一生也不停息。

感谢你，陪我一路走过

慕现婷

　　大概是好小好小就被送出去的吧，不记得了，只是知道，很小的时候所有的时光，都是伴在苍老但溺爱我的奶奶身边的。独自一人，终日与泥土为伴，落日的霞辉映下的永远是一个影子。可是奶奶说，小时候我从来没哭过，即使离开他们的那一刻，从来没有……

　　也许是那么长时间的独自一人教会我执拗，教会我坚强和倔强；也许是记忆里从来没有留下过他们的痕迹，从来没有记住的人，也就无所谓忘记吧！直到三岁多的时候，我被那个该叫爸爸的人带回家。三岁了，已是会到处跑、会唱不成调的歌谣和与人争执的年纪了。可是，爸爸妈妈却第一次出现在我的生命里。

　　第一次见到她，她迎上来要抱我，而我只是远远地躲在门后面，躲避着她的拥抱，她的关爱，还有她说要补偿给我的母爱。三年了，有些东西真的能补偿吗？谁能补给我三年在爸爸妈妈怀里撒娇的权利，没人能够。然后，我看到了她眼中滴下的泪珠，我想，是真的伤到她了吧。可是很长一段时间，我依旧没有叫她妈妈，尽管她无数遍地教给我妈妈这个称呼。小小的心里无数遍地呼唤妈妈，可是从来没有叫出口，也许是恨他们把我扔开三年不管吧。我是他们的孩子啊，为什么他们三年不见我也丝毫没说过想我，这样，我算什么。

　　好长时间了，邻家的孩子戏说我不是爸爸妈妈的孩子，我哭着和他们争执，可是他们说我从未叫过他们爸妈，又怎么说是他们的孩子呢？那一天我哭得好伤心，记忆中第一次痛苦到撕心裂肺，也是那一天，我第一次叫她妈妈。

　　我无法描述那一天我和妈妈哭在一起的场面，苍白的语言和贫瘠的词汇已不足以描述那个场面，只是我终于感觉到，妈妈是爱我的，即使那份爱未曾溢于言表，那也是爱我的。

也是在那天，爸爸告诉我，妈妈把我带到世界上的那天是最难的一天。为了我的安全，妈妈几乎不要自己的命了，失血过多，医生都要爸爸在病危通知书上签字了。可是妈妈是坚强的，她最终还是硬挺了过来。爸爸说，妈妈在这个世界上最留恋的就是她未曾晤面的我了，是我给了她活下去的意志。爸爸还说，妈妈的生命中有好多年是很苦的。妈妈幼年父母双亡，她不得不过早地承担起家庭的重担，哥哥弟弟一家五口的生活，全靠她这个家中唯一的女孩子照顾。了解到这一切，我心中的感触无法表达，只是想到一句话：我要对妈妈好，用生命对她好。

恍惚中，已逝去十五年了，过去的十五年，妈妈总是用事实教我成长，就像她说的，"没有跌倒过怎么知道疼的感觉"。

所有的事她都让我自己感受，即使会输得很惨，也要自己站起来，那样，长大的我，才可以让她放心。我似乎明白了，那么小把我送出去，也许是她给我上的第一节课，她要教会我独立和坚强。

而现在，真的要离开妈妈了，虽然是为了学业，但分开是真实的。不舍也是真实的，开学那天我没有让她来送我，也许是怕看到她眼中那份不舍和担心，最怕的是我们都会流泪。可是我明白，我总会长大，会有自己的生活，我必须证明给她看，我自己也可以！

妈妈，今天坐在这里，写下这些埋藏在心里十五年的感情。我不会用华丽的语言去修饰它，因为那份爱就是一首最华丽的歌。妈妈，感谢生命中，有你陪我一路走过……

有双眼睛不会老去

杨 洁

在神话中，相传有一种药，可以使人永葆青春，有一位女王服下了它，变得美艳绝伦。但渐渐地，细心的人发现女王那双曾经美丽的双眼终究抹不去岁月滑过的痕迹，最终变得暗淡失神……

一

我的母亲，一位普通得不能再普通的农村妇女，她常常手里做着活，嘴里不停地絮叨着，一双眼睛总是四处张望，好像天下的事少了她就不行似的。

我不喜欢我的母亲，她对我太严厉了。有时候我性子稍微一倔，她就会瞪着一双眼睛，手里拿着一根鞭子把我拉到她身边，不停地训斥着。我低着头，两手不停地搓着衣角，不敢抬起头，因为我怕母亲那双严厉的眼睛。

但我渐渐地发现我身上几乎没有留过鞭痕。而且母亲总是在我挨训后搂着我，细心地安慰我教导我。深切的目光望着我，使我渐渐变得懂事起来，不再任性，不再倔强。

可我还是有些怕母亲。

日子在流失，我在渐渐地长大，母亲也慢慢地变老。回过头来，我发现我几乎没有在母亲怀里撒过娇，也没发过小脾气，甚至每天在母亲面前还有些畏畏缩缩的。有些显老的母亲常常坐在灶前，两眼呆呆地凝视着灶内燃烧的火焰。我看见，两团火焰在母亲眼眶内跳动，真的好温暖，可我不敢蹦到母亲的面前，趴在母亲的肩膀上认真地去看那温暖的火焰，去撒娇去品味……

二

  时光在穿梭，生命的年轮在增加。我惊讶地发现我再也不用仰视母亲了。不经意间发现，母亲真的变老了，一头乌黑的头发夹杂着刺眼的白，一道皱纹悄悄地爬上了她那本来白皙清秀的脸庞。

  看着母亲，我的心中涌起了阵阵酸楚。也许是母亲真的变老了，母亲总喜欢看我长大的样子，一双温柔的眼睛溢出如水的温情。我惊异地发现，原来母亲的眼睛竟那么柔美温馨。

  也许，人老了，都喜欢追忆往事，母亲常常坐在我身边，望着埋头写作业的我，絮絮叨叨地讲我小时候的事情，一双充满温暖的眼睛盯着我，有时候，她竟会情不自禁地笑起来。

  我发现我越来越爱看母亲的眼睛。有时候我会出神地望着这双眼睛，母亲见了，便轻轻一笑，笑中飘出让我永远也看不透的爱怜。

  母亲对我很温柔，有时温柔得让我无法抗拒。记得那是一个寒冬的早晨，外面刮着凛冽的寒风，已经穿好衣服的我顶着蓬蓬的头发缩在被窝里看电视，冷得不敢出去。这时，做完饭的母亲走了进来，见我这样便扑哧一声笑了。笑完便执意要给我梳头。我本来是不同意的，可是望着母亲那双期待的眼睛，不知怎么的竟答应了。

  母亲一双冰冷粗糙的手慢慢地梳理着我蓬乱的头发。在镜子中，我看到母亲那双舐犊之情的眼神怜惜地掠过我的每一根头发。她冻得发青的嘴唇仍絮絮叨叨地说着："哎，这孩子的头发怎么没以前粗实了。"望着镜中的一切，我不知道自己为什么喉头会哽塞。

  在神话中有一位女王可以永葆青春，但她的眼睛却最终老去。而我的母亲，我普普通通的母亲，她的眼睛将永远鲜活地存于我的心中，永远不会老去。

和你一起看君子兰花开

王芳蕾

> 君子兰是妈妈生活中的一部分，而这一部分正一点点蔓延到我的生活中。
>
> ——题记

记得小时候，曾有人这样问我："你妈妈是不是特别喜欢花啊，不然为什么给你取这个名字？"当时的我气呼呼地瞪着眼说："我妈妈是我的，她只喜欢我！"但我却不能否认，妈妈是一个爱花的人，尤爱君子兰。

第一次和妈妈一起等待君子兰花开，是我上小学的第一年。当时的我并不喜欢它，绿绿的叶子，没有丝毫点缀，可妈妈说君子兰的花很美。现在还依稀记得，最初发现在叶子中长出了花苞时妈妈是多么的兴奋不已。每天下班回家，她都会去阳台"关心"一下即将绽放的"少女"，而我只是偶尔在心血来潮的时候会去看看……就这样，记忆中的第一盆君子兰开花了！我留下了和君子兰的第一张合影。那一年，我6岁……

3年过去了，5年过去了。君子兰每次都开得美丽、灿烂，我也在一点点长大，有了青春的气息，可妈妈却在一点点变老，脸上有了丝丝皱纹。

记得那年暑假，我和同学出去玩，一直玩到筋疲力尽，很晚才回家。刚进家门，看到妈妈焦急、愤怒又担心的神情，我才恍然大悟，出门的时候忘告诉妈妈了。她很生气地训了我，这是她第一次这么凶地对我。我气极了，等妈妈上班后就跑到阳台把君子兰长出的花苞全都拔掉扔了。等到中午妈妈下班，我后悔了，一点儿也没了报复的快感。她并没有骂我，但那一瞬间我看到了妈妈那难过的眼神，暗淡无光，那种伤心仿佛渗透到空气里，充斥在家里的每一个角落。那天中午，家里很静很静。之后不知过了多少天，家里才重新有了妈妈爽朗的笑声。现在想来，自己真的很后悔，对不起妈妈。那年的君子兰，因为我，没有开。而那年，我十三岁。

从那之后，怀着深深的歉意，我第二次等待花开。这时，我没有敷衍，也不再马虎，甚至许愿君子兰花能开得分外美丽，可以弥补我曾经的过错。偶尔，妈妈看到我在给君子兰洗叶子的时候，会嘴角上扬，我想：妈妈会原谅我的。就这样，盼望着，盼望着，君子兰花开了，这次，我比妈妈还要激动。

如今，家里已经多了许多新生的君子兰叶，能开花的君子兰也不只有那么一盆了。我进入了青春花季，而妈妈不再像年轻时那么光彩照人，头上也有了丝丝白发。

自从上了中学之后，因为离家远了，我成了住宿生。第一次住校我很不习惯，两周才能见到爸爸妈妈一次，因此我对亲情的渴望格外强烈，并且每次给妈妈打电话的时候，眼泪都会忍不住夺眶而出……

记得有一次打电话，妈妈告诉我说君子兰开花了，虽然没有见到，但我相信，妈妈是幸福的，即便是隔着听筒，我也能感觉到妈妈的会心微笑……可是还会有一丝遗憾，因为，这年没有我陪伴她一起等待花开。

今年，十一放假，我陪妈妈一起看到了君子兰花开，留下了一家人和君子兰的幸福合影。似乎成了一种习惯，或是我真的爱上了君子兰，每次放假回家，我都会去阳台和君子兰打声招呼，虽然它们是植物，可是我相信，它们可以感觉到我传达的谢意。

谢谢你们，当我和爸爸不在家的时候，是你们陪在妈妈身边，让她不感到那么孤单。

谢谢你们，伴我一起成长……

我，会一直守护在妈妈身边，陪她一起看君子兰花开，一起享受那份花开的喜悦，直到永远……

清茶之爱

庄 莹

午后，母亲开始泡茶。随着淡淡的茶香袅袅升起，我整个身心都放松下来。轻轻吸一口气，顿时通体舒畅。

已记不起是从何时开始喜欢喝茶的了，只记得那是源于母亲。

母亲喜欢喝茶，所以，每个寂静的午后，她都会泡茶给我和哥哥喝。母亲常常一边泡，一边对我们说："这茶可是宝物，喝了茶，你们下午就不会口渴了，上课也会有精神，不会打瞌睡了。"说这话时，母亲微笑着，双眼微眯，在午后的阳光下，一脸的和蔼。

我那时还小，不懂得品茶，只觉得茶入口时有点苦涩的味道，所以不大喜欢喝。而母亲则往往笑着看着我，说："孩子，你刚尝茶时是苦涩的，可过一会儿就会感觉到它的甘醇了。生活总是这样，先苦后甘。"我似懂非懂地点了点头，端起茶杯，喝了一口，茶水顺着我的喉咙细腻地往下滑，仿佛一股汩汩的泉水。少顷，甘醇的茶香便从口齿一直蔓延至心间。后来，我逐渐爱上了喝茶，也深深记住了母亲说的"生活总是这样，先苦后甘"。

"茶泡好了，快喝吧。"母亲的话把我从思绪中拉回到现实。

端起茶杯。喝一口，一丝苦涩掠过舌尖。

青春期的叛逆，曾在我和母亲之间挖下一道深深的壕沟。如果说冲动是魔鬼，那么青春期的冲动就是一个骄横野蛮、横冲直撞的魔鬼。我开始对母亲指手画脚，开始对她的千叮万嘱感到厌烦，开始对她特意为我买的东西失去兴趣，开始事事与其作对……

即使有时想慢声细语地与母亲沟通，但话一出口，不知怎么就带上了火药味，有了顶撞的味道。

尽管我知道，母亲那是为了我好。但我仍用自己那刚刚长成的"犄角"，把自己和母亲撞得两败俱伤。

白色的茶杯，琥珀色的茶水慢慢减少。一阵茶香开始从舌根萦绕开来。

初中了。离家，住校。

于是，每周总是匆匆回来，又匆匆而去。

每次回家，便少了很多争吵。母亲看我的眼神，也多了几丝思念。每次一进家门，迎接我的总是温暖的排骨汤或者解渴的清茶……

那时，刚升上初中，我深知面对这样一个重点中学，学习竞争肯定激烈。然而，接踵而来的一个个成绩还是跌破了我的想象底线。在这个强手如林的班里，我积攒已久的自信与坚强被无情地撕裂，摧毁……我苦心经营的自我世界骤然间轰然倒塌。

黑暗，无边的黑暗……

忽然，前面出现了一丝光亮。仿佛抓住了一棵救命稻草，我沿着光亮，向前，向前……哦，是母亲。

是的，是她。是她把"失败是成功之母"这种三岁小孩都会说的老掉牙的道理一次次重复给我听；是她告诫我要分析错误，找到方法；是她跟我说尽力就好，别太在意结果；是她调侃地安慰我"这样进步空间不是更大了吗？"……纵使没有华丽的语言，我却从中得到了最好的慰藉。

在母亲的鼓励下，最终，我走出了阴霾，适应了新的环境。我知道，我不是一个人在踽踽前行，在我身后，还有母亲源源不断、无怨无悔的爱。而我的努力，就是对她的最好回报。在不懈的努力下，我准确地找到了自己的位置。而当我终于成功时，我看见，母亲的嘴角，是掩饰不住的笑意……

思绪间，茶已饮尽，口齿留香。

母爱如茶，而我已嗜茶成瘾，无论是那刚入口时的苦涩，还是过后的甘醇，都将是我最美好的回忆……

一抬头，忽然瞥见，不知何时，时间的车轮已在母亲的额上辗出了一道道印痕。她那原本乌黑发亮的发丝，也已悄悄染上了白霜，我心中顿时一阵触痛。

母亲，您的女儿长大了，是时候该让我为您泡一杯清茶了……

妈妈的味道

桑艺萌

轻轻地，我打开妈妈的房门。

永远都是这样，淡淡的清香。没有玫瑰的浓烈，没有茉莉的淡雅，但那种香，如桂花，无从表述；又如清泉，沁入心脾。

我扑到床上，享受着那种温馨，那份甜蜜——这就是妈妈的味道。

我太熟悉妈妈的味道了，从小我就会用鼻子和舌上的味蕾来认识妈妈。无论在什么地方，只要妈妈来了，我就能闻到她身上的那种熟悉的味道。

曾几何时，在盛夏——一个月光皎洁的夜晚，风儿轻轻吹拂着我的脸颊，池塘边的芦苇扭着她纤细的腰身，湖水泛起阵阵涟漪，月光在水中荡漾着。我依偎在妈妈的怀里，听她给我讲述嫦娥奔月的故事。我感觉妈妈身上有一种特别好闻的味道，这种味道让我的心无比的舒畅，我闻了又闻，紧紧地抱住妈妈，突然抬头望着妈妈。

"妈，您真香，像桂花一样。"

她缓缓地低下头来，月光照在她美丽的脸上，长长的头发滑到胸前，乌黑垂顺。她甜甜地笑着。

妈妈伸出她修长的手指，在我的鼻尖上掠过。

"你呀，就知道贫嘴。"妈妈脸上绽开如花的笑靥。

时间渐渐冲淡了一切，不知不觉中，我长大了许多，再也不会出现以前抱着妈妈闻香的场景。但是，我依然能感受到妈妈身上让人安心的味道。

有一段时间，因为考试，我经常忙到深夜。烦躁的时候，我总会抱怨：为什么我是个孩子？为什么我是个学生？为什么我不做一个整日逍遥自在、吃喝玩乐的差生呢？至少不用像现在这么辛苦。内心的愤懑油然而生，我想要弃笔钻进那温暖的被窝。

香，淡淡地，愈来愈近，其中还夹杂着一股浓浓的牛奶的气息。

"趁热喝了吧！"

香甜的牛奶一直暖到心底。

浓浓的牛奶味道，是妈妈的味道。这味道里凝结着妈妈的辛劳和对我深深的爱意，我的健康成长是妈妈用汗水浇灌的结果。

现在我已经习惯了妈妈的味道，多少个夜晚，我总是在淡淡的清香中进入梦乡；多少个清早，我一睁开眼，第一个看到的就是妈妈甜甜的笑脸、忙碌的身影，闻到的是妈妈给我做的可口饭菜的香气；多少个日子里，我失败时，妈妈用慈爱的大手安抚我，陪我流泪的是她；成功时，陪我开心，一同笑得合不拢嘴的人也是她，每当这个时候，我都会贪婪地闻着她身上的甜甜的、淡淡的味道。妈妈的味道，沁润人的心灵，会使枯燥的生活增添多少温馨呵！

在我们的心灵深处，永远有一个最原始的东西长驻于内心，那就是妈妈的味道。我喜欢妈妈这种味道，它是那样的独特，不需要世间任何作料的调配，而是自身发出的一种无可取代的味道。闻到这种味道我感到一种幸福、一种快乐，让我说一声："妈妈，我喜欢您的味道！"

那秋·那情·那人

王安琪

寻寻觅觅，冷冷清清，凄凄惨惨戚戚。

翻开李清照的《声声慢》，发现早春时候夹于其中的玉兰花瓣早已枯黄，薄如蝉翼，又好似枯叶蝶的翅膀。秋来了。

心里有一种无以言表的痛蔓延开来，浅浅的。

是的，是她。

那个陪我度过我一生中美好却又短暂时光的人。

以前，每年的秋天她都带我来这儿，从背后变出一块娃娃脸的奶饼抑或是其貌不扬却异常甜美的糖果，使得不爱吃甜食的我也会被它的香甜所吸引。

真的，好香好香，好甜好甜。使得我小小的心都被那种香甜的味道填满，再也容不下别的什么。

然后，我们一起开心地笑。

但我也是讨厌过她的，每当她穿着那件"俗不可耐"的褪色红褂，带上娃娃脸的奶饼跑去学校看我时，同学们便对着她的后背指指点点，捂着嘴偷笑。我便很窘迫地让她回去，并很严肃地让她以后不要来了，她却还是一脸的笑意，绚烂如樱花。

周日，回家。

她依旧牵着我的手带我去公园看落叶，全都是金黄色，黄得耀眼。

"那片为什么是红色的？"我指着一片红枫不解地问她。

"因为它太爱这个世界了，得绚烂之后才落下。"她的瞳仁里透着几分淡淡的忧伤。

"哦。"我似懂非懂地点了点头。

过了一个月，母亲告诉我，她生病住院了。

我不以为然，人老了总会有些病痛的吧。我想。

过了好几天。

在母亲的催促下，我开始给她打电话，不知怎的，却越发频繁。

叮嘱她要好好吃药，好好打点滴，好好休息。她在电话那头便很高兴地笑着，像个孩子。

很快，我放假了。

有时间，我就会去看她，没时间也要挤出一些来。不知道为什么，每次去都待不了多久，怕是闻不惯那浓浓的药味吧。

那天，我心情很好，便去送鸡汤给她喝。在病房门口，不经意地抬头，却发现几个大字赫然在目：重症监护病房。

飞快地跑去问护士，护士一脸的无奈："唉，癌症，已经晚期了。"

无法形容当时的心情。

抱着保温桶一口气跑到一楼，在那个阴暗的楼梯里，感觉有大颗大颗温热的液体溢满眼眶，然后肆无忌惮地滚落下来。

擦干眼泪，昂首，挺胸，迈着轻快的脚步上楼。

"今天来得晚了哩。"她依然是笑。

"路上耽搁了一会儿。"

"天气转凉了，多穿些衣服。"

"知道了。"

"快下雪了吧，你最爱玩雪的……"

"我带了鸡汤。"我打断了她。

"哦。呵呵。"她笑。

喝着那碗再普通不过的鸡汤，她的脸上洋溢着无与伦比的幸福。

一天天过去了。

她的手背上布满了针眼与一块块刺眼的瘀青。

她开始听不见别人说话，任凭对方用多大的声音。

她不能开口说一句话。

就这样。

她睡着了，再也见不到阳光，再也不能像孩童般傻傻地笑，再也不能拉着我的手和我一起看秋天的落叶。她的生命，倒是像枯黄无力的落叶，漫无目的地坠落，然后落到地上，再也飘不起来。

六年了。

我想她时，会捧着她那件"俗不可耐"的褪色红大褂流泪，会听着她生前最爱听的京剧发呆，会抚摩那张充满苦涩中药味的床单喃喃自语……

又是秋天，枫红依旧，像她的血。

秋，还是那秋，只是少了一分温暖。

情，还是那情，只是添了几缕惆怅。

亲爱的外婆，你在天堂还好吗？

五月的风景

程章晗

五月的天宇，澄澈如明镜，飞鸟悄然划过，似岁月轻轻雕刻下的年痕。在风中飘飘扬扬的榕丝洒在久久迷惘的白色裙摆上，轻轻拾起一片榕丝，放在手心，刹那间，所有的美丽思绪如一朵榕花，在五月天宇下开放，仿佛所有的记忆都在刹那间苏醒了，张开手，迎接过往那些斑斓如梦的五月。

啜饮一杯菊花茶，思绪中却总是浮现那样的影子，总是会有这样一个人，佝偻着她的背，手撑着门前的老榕树，一边揉着酸痛的腰，一边听着水车"吱吱呀呀"的声音，在故乡，在五月，等着我回去。

也只有五月呵，能够兴奋地叫着"奶奶"从村口一直跑到榕树下，然后扑到奶奶身上发嗲，说一些能把牙齿酸掉的话。妈常说："多大人了，还这样。"奶奶则爱抚地摸着我的头，说："瘦了，又瘦了"，然后微笑着看我，不说话。只有那榕花依旧，翩然而落，落满身上，一片粉红色的斑斓，如岁月的淡淡而美丽的痕迹，似一片五月风景中的幸福。

我喜欢那样的五月，我可以坐在绿色藤蔓缠绕的木质秋千上，一边荡，一边看着浅蓝色的天宇中坠下的粉红色小绒花，洒在裙上，然后荡向天空，有一种飘飘欲仙的感觉。五月，奶奶佝偻着背将榕丝一片片收集起来，放在簸箕里，抖出杂质，然后妥帖地将它们晒成半干，然后在阳光下做我最爱吃的小榕饼。有时，我也会帮帮忙，陪奶奶晒晒菊花，沏成菊花茶。然后，我们就坐在小藤椅上，喝茶聊天，享受着五月短暂的幸福，享受着榕树下恬淡缱绻的思绪。

五月的天，我还记得那样的场景。奶奶提前帮我包好的粽子，那种有点淡淡的荷叶和糯米香包裹的幸福，我享受着那样的滋味。只是，不知为什么，有一个粽子被放了朝天椒粉末，我咳得直出眼泪，奶奶心疼了，一边抚着我的背，轻轻拍几下，然后顺着背捋下去，一边懊悔地说："年纪大了，老眼花了，真是不中用啦！"然后让表姐带我出去玩，自己则颤巍巍地关上木门，回到房间，独自坐了好久。

离别的前一晚上，我依稀闻到了榕花香气，似乎有人一边给我扇着蒲葵扇，一边抚着我的头发，絮絮叨叨地说："真是老了。前天你二奶奶刚出村头，忽然气儿没上来，就走了，出门还好好的呢！人啊！……你们都大了，都要飞，哎，我一个孤零零的老太婆还有多长的日子呢？"她的叹息在灯光下，仿佛被拉得很长，很长。我忽然开始莫名其妙地抹眼泪……

离别的时刻还是来了，奶奶交给我一些她做的小榕饼，和一小纸包的榕花，似乎在提醒我，不要忘了，在遥远的一边，还有一个人在等待着她。终于要走了，我却不得不伤感地看着她倚着榕树送别的样子，一次次回头，转身，却依然看得到她的身影，变小，然后消失在我的视线中。我们终究只能在五月的风景中分享短暂的幸福，然后在五月的榕花中分离。尽管我们都眷恋着榕花的斑斓，可是，我们都只能将它当作幸福的纪念，而不是拥有……

十月，传来了奶奶的噩耗，我再一次想到了她为我做小榕饼的笑容，那晚她说的话，还有榕树下她的身影，她说"什么时候再回来"。我将那些保留的干枯了的榕花撒向天空，看着它们翩然而落，如记忆的琴弦在生命的无奈与现实的苦涩中戛然而止。然后我像一个孤独的演奏者一般，悄怆地在泪水中为五月曾经的幸福颤抖地写下尾声。然后，我只能邈远地投向远处天宇下的榕树，任记忆如榕须一般蔓延，然后将所有幸福的往昔弥撒在五月的风景中，静静地怀念着一切，怀念着过往的幸福。

倾听·爱

朱彦文

你说，我不会倾听你。
不会倾听那爱的灌溉。

一

她回到家中，来不及去暖气旁焐一焐早已冻得毫无知觉的双手，来不及呵护一下那早已皲裂的脸颊，就急匆匆地来到厨房，生火为女儿做饭。也许，现在的她只有一个目的——让自己的孩子吃一顿热饭。她揉了揉耳朵上的小冻疮，麻木的双手扣在耳朵上不住地摩擦，干涩的眼睛盯着炉子上的饭菜，身体却不住地倾向门口，她希望女儿回来的时候可以马上看见她。

"嘭"，用力的关门声，她吓了一跳。"涵，先去洗洗手，换下外套，饭这就……""每次都是这几句话。"女孩毫不留情地打断了母亲的话，撅着嘴，但早已按母亲的要求一样一样地做好，坐在餐厅等母亲。餐桌上，二人无语，母亲没有给女儿夹过一次菜，生怕惹她不开心，自己则慢吞吞地吃着。筷子盘子相互碰撞的声音，成了偌大的屋子里唯一单调而嘈杂的交响曲。女儿放下筷子，几欲离开，却被母亲按下："涵涵，你好久没和妈妈聊天了。"女儿那尚未成熟的小脸上滑过一丝冷漠，但嘴角依旧习惯性地上扬了一下："妈，最近功课多。"母亲的双手渐渐松开，缩进那泛白的袖口，脸上闪过一丝不经意的泪痕。

二

"妈，干什么呢？"女儿那玉葱般纤细的手揉了揉被白炽灯刺得睁不开的眼睛。

"你校服，都那么脏了，洗洗明天再穿。"母亲指着洗衣机里的衣服说，一脸抱歉的表情。

"可洗衣机太吵了，我要睡觉了。"女儿甩手而去。

母亲低头看那皲裂的双手，不知所措的神情是那般令人疼惜。母亲按下暂停键，将校服从洗衣机里拿出，双手捂着腰费力地坐下，脸上那痛苦的表情暴露出一个母亲的艰辛和劳累。洗手间幽暗的光将母亲洗衣服那娴熟的动作投射在身后洁白的墙面上，前额的那缕头发湿湿地贴在额头，目光里透着一种坚定、无奈和欣慰——"快洗好了，不会吵你了。"

三

"唉，我很累了，不想和你争吵。"母亲低声叹道。

"怎么了？"父亲则一改往日的急躁，快速扶母亲坐下，怜惜的表情布满了脸上的每道皱纹。

"知道吗，不管付出多少，涵涵永远都不会体谅我，你知道我有多累。"母亲孩子般小声啜泣。

……

"我知道，她不是不懂事的孩子，但就是不能体谅我的辛劳。每每看她一身疲惫地走进家里，我多想帮她提一下书包，用手摸一摸她的脸颊，问一声'辛苦了孩子，学习累吗'；每每看见她发呆的时候，我多想能跟她坐下来好好聊聊心里话；每每看见她熟睡时的样子，我都会安慰自己，孩子是累了不是不想理我。我想为她做一切的一切，可是我不能够。我害怕女儿那冷漠的笑和不屑一顾的神情，你不知道呀，我是多么心疼她。"

女孩站在门口，倚着干燥冰冷的墙壁，心却早已笼罩在三月的梅雨下，湿漉漉的。

四

妈妈，其实我是爱你的。

任何辞藻也无法形容我现在的内心。

每每看到你新出的白发，我只想去抚摸那岁月的印记，我总想去根除那衰老的证明。我知道你心疼我，你总是站在门口，小心翼翼地看着书桌前学习的我，你总是怕惹我不开心，小心翼翼地维护那段看似不稳定，却早已像城墙般坚实的感情。你为我哭过，乐过，激动过，痛苦过，这些我都知道，我把你为我掉的每一颗泪珠，都小心包进纸里，放在最贴身的兜里，认真呵护。

还是会回想起儿时那种种肥皂泡似的场面——你趴在沙发上，我用稚嫩的小手帮你捶打着单薄的身板，丝丝幸福感藏在你的微笑里，蜜般流淌在嘴角处。

而如今，我长大了，我早已不再是那个躲在你怀里撒娇的小女孩了，一起成熟的还有我的心智。我不再习惯表达自己，脸上单调的表情也仅仅是对外界的不满和怀疑。但妈妈，你的爱我早已尽收心底，湿润脸颊的伤痛的泪水夹杂着丝丝甜蜜，不曾逝去。

妈妈，虽然我表达得很拙劣，但是，妈妈，我爱您。

049

走，我们回家

王雪妍

一

这是反复出现在梦中的情景。

走出小学校门，像从前每次一样瞥见祖父羸弱的微驼的背，还有旁边锈迹斑斑的三轮车。跑近，仰起脸，我看见祖父皲裂开合的口无声地说，走，我们回家。嘴角满是宠溺的弧度。

从来没有像影视作品中的角色一样，梦醒时猛地坐起，大口喘气。仅仅是倏地睁开眼，意识回归，才发觉是一场梦。

周遭永远是一片荒芜悲漠的黑暗，静得以为早已失去了自我。

050

二

祖父太瘦。印象中大抵是没有发福过的。老款衣物挂在身上总显得过于肥大，更衬托其清瘦了些。花甲之年的人头发自然白了许多，那是岁月洗礼后剩下的颜色。不知谁说过"大耳有福"，祖父的双耳是可以算得上大的，耳垂似乎有大拇指的指肚般大。而我年幼时喜欢把玩祖父的眼皮，胶原蛋白的严重缺失，导致过于松弛，用手一捏，捏出的形状居然可以保持几秒时间，祖父也不闪避，任凭我未泯童心的肆意。

眼睛总能折射出一个人的经历、心情。祖父的眼神可以用清冽与宁静祥和来形容。那是发自内心地对现如今生活虔诚的光。而掌纹终究是太宿命的，不单单是为生命与爱情，还诠释了太多绵亘的往事。祖父掌纹深若沟鏊，当他攥住我的手，我似乎能感觉到几年间或翻飞或升腾的浮华，炽烈而真实。

祖父是有些驼背的。羸瘦的身躯始终敌不过命运的重量。但他总保持淡然的姿态，用他不俗的脊梁撑起了一个家、一片天。像包容大海的地壳，世俗再汹涌，定会有平静的一天。只要不惧，只要相信。

三

祖父从没有重男轻女封建思想传承的痕迹，相比之下，他反而更喜爱家中的女孩子，作为老么，我亦是太受宠。那些记忆深处起伏暗涌的碎片，如今看来实在温暖得过于虚浮不真切。傍晚回家，祖父总在无外人时，偷偷塞给我一个大石榴或才出锅的猪蹄，似孩子般眯眼撇嘴：嘿，别让他们看见哦，赶紧吃吧。我亦是假装紧张严肃地点点头：嗯！知道啦！熟稔的默契仿若是天生的习惯。

我终究是太信从宿命的人，且执拗于本性。在我看来，寿登耄耋亦不过是老去的孩子，年龄只是些无多大用处的数字。祖父对象棋钟爱之至，总一手夹着马扎，一手提着关有八哥的笼子，在阳光不算炎热的午后，踱步去村头看别的老人下象棋。拱卒，飞象，跳马，驾炮，上士，出车，将军。楚河汉界的挥斥方遒，定不会随时间消沉湮没殆尽。

那些隐匿于表象之下的本性，亦是如此。

四

我其实不怎么擅长散文，列举的物事，烦冗俗滥，不感人。但下面这件事我是一定要讲的，它发生在2007年9月。

那天是星期五，我照例要上学。祖父早早吃完饭，准备给我砸核桃带到学校去，他一手拿着中指长短的小锤子，一手拿着核桃砸起来，颤巍巍的。他有些老花眼，所以向前倾着身子，看起来十分费劲。而我对于核桃这种东西始终不大喜欢，便推说不要。祖父脾气亦倔强得很，坚持让我带走，我只得赶忙背起书包，关上门跑出去——"嘭"的一声，门很响。

其实以上只能算是生活中的琐事之一，而于我却有太深刻的意义，因为我到一个星期后才知晓，那竟是我与祖父的最后一次对话。

关于祖父怎样心脏病猝发，怎样直挺挺地倒下去，额头猛地磕在茶几上，汩汩地流出多少浓稠的鲜血，那都是后来才得知的。我所直面的，仅仅是进门后刺目的黄黑纸钱，还有厚重眩晕的檀香味，向左一瞥，臂上是不知何时戴上的黑底的"孝"字。多么讽刺，我成了再没有资格说声对不起的罪人。像是被时光狠狠地扇了一巴掌，倏然清醒。

核桃，我说，上星期他还帮我砸核桃呢。泪水从下眼睑淌落的瞬间，我恍惚看到一张黑白互映下清冽微笑的面容。

从此天寒地冻，路远马亡。我仿若听见身体在拔节生长时脆裂的声响。那么明晰，那么痛。

五

失去后才懂得珍惜。人实在是太过矜弱渺小的生物。

有些事，终究无力回天。

六

对于缅怀的文章，我一直不太敢用颇为决绝的字眼，因为回来看时会难过，所以我总说祖父是暂时离开的。这种观点，至今不变。而从那以后的作文却是不断地缅怀，我在很长时间里都走不出来。每次卷子讲完，我都会把作文扔弃，也许是害怕看到后被那些过于厚重的记忆再次刺激、却依旧不停地写。我承认我的矛盾。而将文章公之于众，需要不小的勇气。

更害怕的其实是遗忘。假若真的忘却，我一辈子都不会原谅自己。我曾经怪诞地想为何我没有隔代遗传了轻微的心脏病，当病发作，起码证明我能记得。而我定是要铭记的。纵使感情，再无实体倾泻，亦要坚强地面对。其实至今我都倔强地认为当年自己还无力承受，可惜我别无选择。

我想为祖父做些什么。念一段佶屈聱牙的经文，歌一曲斑驳陆离的大悲咒，书一篇清切空灵的文字。我太需要这些来作为感情的承载。亦希望它们从此绵亘不绝，为我所用。

一如《圣经》中的一句话：

爱是永无止息。

七

路过曾经的小学门口，总会想起一些细碎的画面。

蜂拥而出的少年。周边嘈杂纷乱的人群与车辆。校门口对面冒着热气的路边小摊。澄澈素净的长空。沉重老式的书包。布满锈迹的三轮车。

还有祖父微驼着背，用略微沉黯老迈的声音说：

走，我们回家。

第二部分　有双眼睛不会老去

祖　母

朱彦文

一

"孙女回来了。"

"孙女又长高了。"

在我的印象里，每次过年回家，祖母都会说这两句话，当时疲于应答的我始终知道，话里藏着祖母对我绵长的思念和深切的爱。

二

祖母家离我们家很远，那里条件落后。仍然记得儿时的我，最害怕的就是和父亲回祖母家过年，幼小的我曾想尽一切办法以求逃脱"此劫"。但终究无济于事，当父亲轻轻叩响那扇沉重的大门时，我还是会装作开心地让嘴角上扬，心却沉入冰凉的深渊。吱呀，大门打开了，祖母快步走到我面前，用那饱经风霜的手握住我的手。"我孙女回来了。"她牵着我的手，领我去房头自豪地向其他祖母炫耀，暖融融的亲情使我涨红了脸。我低下头，看着祖母——虽然早已被岁月压得驼了背，可自豪感仍然迸发出来；虽然早已被风霜蚀得花了眼，可我分明看到了眼里充盈的笑意。

我知道，祖母是爱我的，总是提前买好许多许多好吃的，等着我回家。有糖、瓜子、饼干。对于我们这群在蜜罐里泡大的孩子来说，它们已然失去了魅力。可对于年过花甲的祖母来说却是弥足珍贵。祖母经常会捧出一把瓜子，孩子似的抓一把给我："来，吃瓜子吧。"又低下头不好意思地说，"我知道，你们城里孩子不稀罕这个……""没有。"我硬生生地打断她的话，埋头吃瓜子，眼角余光扫到祖母筋脉突出的粗糙如松树皮的手，心为之一动。

三

写到祖母，还有一件事我不得不提。它刻在我心底，偶尔翻弄时仍会有些许酸楚。

已忘了是哪一年，只记得那年冬天，格外的寒冷。不巧的是，祖母家的暖气坏了，家里仿佛和外面一样冷，仅仅住了一个晚上，我就抵挡不住严寒的侵袭，感冒了。微微发福的祖父与身体单薄的祖母奔波在冰天雪地里——他们怀着一丝希望，希望在大年三十会有修暖气的店铺营业。他们说，不能让孙女回来一趟冻感冒了，城里的孩子怎么受得了这罪，"……怕把我孙女冻得明年不敢来了！"我红着眼睛，皱着眉头，把祖母那双被凄风啃咬得似冰的双手焐在手里，而祖母，抬起头慈祥地看着我，片刻后又用力缩回双手，藏进泛白的袖口里。我靠着祖母坐下，时间的痕迹在她的脸上得到了淋漓尽致的表达，额头上一道道深深的沟壑记载着所有的苦难和艰涩。祖母站起身，拍拍身上的尘土，几欲离开，说再试试，应该会有店铺营业，我按下她，喃喃道："天太冷了，我不让你们去。"

就这样，我们在只有几摄氏度的家中过了一个温度虽低，却热闹温馨的新年。

四

也许，祖母对我做的都是那种老人对儿孙惯有的疼惜与关爱。他们为了我们，将自己的尊严和年龄抛在脑后，忘记了自己已是发白体衰步履蹒跚的老人，而把自己当成有着无穷力量的保护者。他们费尽心思，竭尽全力地让我们感到幸福和快乐，以此表达自己的爱。而我想告诉他们，他们的幸福，才是儿孙最大的财富。

我有两次生命

刘宇珊

> 我有两次生命。仅两次，都是她的给予。
>
> ——题记

大城市的夜晚总是那么寂寞。

我独自走在回家的路上，手机响个不停。我知道是她，但我故意不接，脑海中浮现出她温柔而焦急的表情。

那是我最不愿见到的表情，它总是唤起我心底最柔软的感情来打破我表面的冷漠。我不知道她是否爱我，但我真的不喜欢她。

她是我的妈妈。一个让我失去了爸爸的妈妈。

小的时候，我也是爱过她的。她慈爱而柔和的样子，让我坚信她是世界上最好的妈妈。后来，日日夜夜她开始和爸爸争吵，那段时间夜晚梦回，我看见她坐在我的床头，低声啜泣，眼神悲伤而绝望。

最后，她带我离开了爸爸。

随着我慢慢长大，那些流言蜚语传入耳中，她却从不解释。她从不管我，即使我在学校被人说成是没爸爸的孩子，她也只是淡淡地拍拍我的肩膀，说，没关系的。

每个夜晚我总是哭泣，哭完后又笑，笑自己傻，怎么曾相信她是世界上最好的母亲？

而她，从未读懂一个幼小孩子心底的悲伤。

回到了家。四周黑暗，我看不见凌乱，却能闻到浓重的烟草味。一个念头闪过心底后，大厅的灯骤然亮起。果然是她，正静静倚在我的房门口，手里拿着我的日记本。

我不再看她，劈手抢过日记本："不要乱动别人的东西。"

她不动怒，侧过身把我让进房间。不经意间我看清她的表情，带着平静而宽容的微笑，一时间竟让我无法再以冷漠相对，"我打你电话，只是希望你早些回家。虽然……"

她说得轻缓。我却猛然之间醒悟过来，叛逆和冷漠促使我反抗她。我狠狠将门关上，她的温柔被拒绝在门外。

那晚我做噩梦了。都是些过往的点滴，我的哭闹，她的沉默，以及那一次次凝望我时让我挣扎的眼神。

第二天起床时，脑子浑浑噩噩的，仿佛一下子失了心，但又转念一想，我这个人，不是从来就没有心的吗？

我抄起顺手放在一旁的日记本。它记录着我的成长，还有那些在心底不为人知的秘密。翻到最后一页，我忽然愣住了。

是她的字。

"我知道你怨我，我也知道我错了很多。我看见你以我无法预估的速度成长，伴随着仇恨，这样我心痛无以复加。"

我呆呆地看着。一定是昨晚，在我回来以前，她坐在我的房间写的。写的时候带着笑，笑出了泪。

"我不曾多管你，是希望你能自由地成长，将妈妈错失的青春补回。但现在我后悔了。能让我再爱你一次吗？让我，再给你一次生命。可不可以？"

——让我，再给你一次生命。可不可以？

我的眼泪轰然砸下。我从不曾想过，她是以如此卑微的态度在爱着我，卑微到，需要征求我的意见。

这个总是微笑到让我心悸的女人，我又何时曾读懂过她的微笑？

我低头哭着。恍然之间看见她站在门边，用一种安静的眼神看我，那仅仅是一个母亲看孩子的眼神。

——可以。当然可以。我无声地回答。我忽然忆起她这样的眼神，其实一直都在。正如那"临行密密缝，意恐迟迟归"的柔情和期盼，也一直都在。

妈妈，谢谢您。谢谢您给了我两次生命。一次给了我躯体，另一次，给了我心，让我找到了爱。

057

第三部分

梦里鸢尾几度花

　　我不会想身后会不会袭来狂风骤雨，既然目标确定了是地平线，留给世界的也只能是背影；我不去想未来的路泥泞或是平坦，只要努力付出，再坚持一下，我的人生也会被上帝眷顾。于是，那一米天堂，终究是属于我的。

——马薇《我的一米天堂》

梦里鸢尾几度花

郦 璐

> 阳光穿过树叶在年代久远的布满青苔的墙上留下斑驳的碎影。
> 时间在窗外匆匆走过，留下树叶沙沙的声响。
>
> ——题记

一

午后，独倚在阳台的窗边，翻看着刚出的杂志，可什么也看不进，黑色的文字就像蚂蚁一般把视线紧紧围在一个面上。不知怎么的，心中有一种难以说出的感觉，就像是幼童看上了一个气球，却下不了决定到底是要哪一个，最后眼巴巴地看着自己最喜欢的被另一个孩子拉在手里。然后，消失不见了。再然后呢？哭——才明白，自己所爱的，就是自己失去的。忽然间，发现自己好像是一个婴儿，什么也不认识，直到眼前出现那两个字——鸢尾。精神为之一振，似乎大脑细胞都是因它而长的！

二

鸢尾！

是的，那是一种长在外婆家山上的植物。蓝紫色的，花形似翩翩起舞的蝴蝶。五月，是鸢尾花盛开的季节，你可以看见一只只蓝色蝴蝶飞舞于绿叶之间，仿佛要将春的消息传到远方去。法国人视鸢尾花为国花。因为相传法兰西王国第一个王朝的国王克洛维在受洗礼时，上帝送给他的一件礼物，就是鸢尾。

060

鸢尾丛处，是我们小时候嬉戏最开心的地方了！一面迎风慢跑，一面欣赏蓝紫的鸢尾，淡淡的花香氤氲在鼻息周围。

那时，我与外婆一同住在乡下。外婆是一位退休教师，自然对我们非常严格。每天一大早就把我们从美梦中拉出来，然后一群孩子跟着外婆去菜场买菜，就是去拎菜啦！最让我们自豪的是，村子里的人一见到外婆就叫老师，这使我们在同龄人面前特有面子。回家后，便是我们痛苦时期的开始。外婆会给我们列好一张日程表，然后盯着我们，直到全部搞定。表的内容几乎每天都相同：练拼音，写汉字，做算术……如果大家都完成得很好，外婆就会奖励我们跟她一起去山上种菜。对于我们而言，那是一种解脱。

每当夕阳西下时，外婆总会带我们坐到小山坡头上，面对一片鸢尾，为我们讲述许多故事。那时让我们感到最好奇的便是山上的鸢尾总是朝着一个方向，无论风吹得多狠，雨打得多急，它们似乎从未扭转过方向，一直朝着一个被山岭隔绝了的地方，用一种深情的目光凝视着，只可惜它们不是蒲公英，可以撑着小伞，翻过一座一座的山，飞到那里去。

三

那天午后，我们经过层层批准，如脱笼之鹄，飞一般冲向山坡。

一上山，便感觉山上的青菜啊，桃子啊，梨啊都用一种极度忧郁的眼神看着我们，然后拼命往外挤眼泪，似乎在哭喊："行行好，今天就放过我们一马吧！""唉！"只要我们一上山，就跟鬼子进村没什么两样，那叫个热闹。唯独经过鸢尾丛，我们从来都没有对它们扫荡过。也不知道为什么，不是因为它们不能吃，只要一伸手，心一颤，手便不禁缩了回来，可能是因它的某种情愫而敬畏吧！

虽然外婆在学习方面对我们管束很严，但她却把我们一个个都视为她的心头肉，就算犯了错误，她也从不打骂我们，只是要我们去山上的鸢尾丛站着，思过……

夏夜，天上布满了星星，眨呀眨的，特惹人喜欢。我们和外婆在二楼的平台上乘凉时，外婆常一边替我们赶蚊子，一边听我们开大会。

忽然，外婆开口问我们："猴孩子们，你们看这星星像什么？"

"珍珠。""汤圆。""弹子。""鸡蛋。""鸭蛋。""鹅蛋。""鹌鹑蛋。"……我们一口气说了一大串。

"傻孩子，天上的星星不像眼睛吗？它们在很远很远的地方注视着自己的孩子、亲人、朋友……"外婆慢条斯理地说。

"哦！外婆真厉害！"表妹在一旁喃喃自语。

"那外婆，哪颗星星是你的眼睛呀？"我们这群懵懂的孩子无知地问道。

"就是你们认为最亮的一颗啊！"外婆一边笑着，一边指着最亮的星星说……

"外婆，鸢尾的妈妈在哪里啊？"我忙问道。

"她呀，就在鸢尾注视的那个地方。"

四

随着年龄的增长，我们开始憧憬着外面的世界，似乎对这田园生活失去了兴趣，回到城市的欲望越来越强，便不顾外婆的疼爱、鸢尾丛的挽留，一个个都奔回了自己的家。每当一个孩子离开时，外婆总是坐在门槛上，像鸢尾一样，朝着那个我们离去的方向凝视着，眼中不时有泪珠溢出。那时的我只有十岁，对这份情意领悟得还很浅很浅，直到岁月流逝，外婆面容逐渐苍老，才痛悔当初的无知与放荡不羁。

我回到了北方。在这里我从来都没有看见过鸢尾。曾有一次，同父母去扬州旅行时，在一个公园里看见了鸢尾。爸爸指着那星星点点的鸢尾说："瞧，这不就是鸢尾吗？"我走近些，仔细地端详了一番。在柳树的树干边上，的确有几株快要开花的鸢尾，但它们耷拉着脑袋，一副失落的样子，这和外婆家山后的鸢尾差了十万八千里。正是"曾经沧海难为水，除却巫山不是云"哪！

五

　　现在的我，长大了不少，也懂得了不少，对孩提时代的无知表现，我只能傻笑，只能回味，然后慢慢把它记住。我渐渐发现，自己也变成了一株鸢尾，朝着一个方向凝视着，就算风吹得我多痛，雨刮得多狠，我都不会转变。当夜空群星璀璨，我依然站着，抬头仰望着星空中最亮的那颗星星。在那个很远很远的地方有我的牵挂，有我的怀念，有我的童年，有我的至亲——外婆。

　　我终于领悟了鸢尾的思想，凝望是永恒的爱；终于发现原来亲情和爱可以让一个人放弃一切，冲破一切艰难险阻，静静凝望远方的故乡、远方的挚爱；终于明白，回家对一个游子有多么的重要。家乡的鸢尾依然朝着一个方向望着，而我，也在一个不远的远方，用同样的方式，思念着我亲爱的外婆。

　　落叶用深埋来报答对根的情意，溪水用踊跃来报答对海的情意，而我愿化作鸢尾，在远方默默地凝望着外婆。

第三部分　梦里鸢尾几度花

我的一米天堂

马　薇

在黑暗中，我们摸索着那扇通向天堂的大门，曾经的我们都认为它很遥远，一次失望，两次绊足，三次碰撞，信心便在绝望中崩溃，在崩溃中懈怠，最后，我们还是看到了天堂的模样，回望起点，那不过是一米的距离。

——《一米天堂》

还记得那个遥远的晴朗的天空下，一个十六岁的女孩子曾在风中放飞的风筝，像在白云间翱翔的鸟儿，是那样的自由，它带着我的理想飞向了我的一米天堂，偶尔会有风扰乱它的方向，偶尔会有水滴沾湿它的翅膀。我放开了手中的线把，任凭它寻找着什么。我多想流泪，而流过的泪已经被风擦干。在风干的泪痕上粘着细细的尘埃，紧皱了皮肤，也紧皱了舒爽的心！

不由得充满疑惑地问自己，我们每每为了更美好、更舒适的生活而做的努力，到底挽回的是什么？

是不是，在许多年以后，总会有一些新的情节演绎着开始，也就会有一些新的感觉慢慢地侵入曾经的心里？如同总会有一天的日头沉下西山，也就会有半个月亮爬上柳梢；总会有一些歌谣让我们不再熟悉，又总会有一些旋律被我们重新记起！

所以，在经过了很多事以后，又无论乌云何时散去，而我们在乎的只是自己究竟拥有了什么。又总会在天空放晴的那一刻，学会守望，却不曾前进，那片还不属于我的一米天堂。总想着，人，只有经历得多了，才会在经验中写出完美的语言，所以旅途中要尽力渡过每一次，不管遇到什么困难，都不可轻言放弃，因为，每个人心中都会有个天堂。

有位老师曾在我的文章中留下过这样两行批语："生命的魅力就在于

它就像一盒巧克力糖，你，永远都不知道盒里的甜蜜，这时，坚持就是苦难中展现出的笑。""轻易放弃，总嫌太早。"记住这句话吧。越是在困难的时候，越要"再坚持一下"。不论生存条件如何，都要给自己一个坚持的心态，锲而不舍地去克服一切，发掘自身才能的最佳生长点，扬长避短地、踏踏实实地朝着人生的最高目标坚定地前进。那挫折不过只有一米之远！一米天堂，就只有"坚持"一下。

总是习惯站在别人的角度来衡量我们自己，这确实是一个以成败论英雄的世界。但是，人为何要在乎他人的看法呢？坚定信念，不要动摇，我们该站在自己的角度看待问题。别人只注重我们的结果，我们却完全可以去享受努力的全过程。又或者，生命本就是一个过程呢！当我们从另外一个角度来看，也许会发现付出得不到回报其实并没有那么可怕，我总告诉自己，上天在很多时候总会将它亏欠我们的还给我们，也许是在其他方面。

我不会想身后会不会袭来狂风骤雨，既然目标确定了是地平线，留给世界的也只能是背影；我不去想未来的路泥泞或是平坦，只要努力付出，再坚持一下，我的人生也会被上帝眷顾。于是，那一米天堂，终究是属于我的。

让梦想开花

姜 慧

> 花开，花落。在这一开一落中，在这美丽的消逝中，究竟有什么在孕育？也许——是内心的满足而已。
>
> ——题记

褪去秋日的繁华，我静静地站立着。远处的斜阳边，如血的晚霞占据了半边天。袅袅的炊烟仿佛从地平线的枯草上升起，融进恬静的空气。于是连空气都带上了家特有的温馨味道。

我是一棵青年时期的梨树——在今年春天度过了我的五岁生日。我过于急切地想变强壮，给我脚下的小草一片绿荫；过于专注于开出一树繁花，然而我的养料过于欠缺，以至于我无法结出过多的果实，仅有的几个也不够甘甜。

"主人说你今年再结果不多、不甜的话，就要砍掉你，另种一棵。"身旁的桃树告诉我。

看了看远山脸上弥漫出来的黑暗，我有些无奈。看来，要老老实实地开花了。

冬日的阳光温暖中透着冷峻。我睁开眼，有些讶异地看着这个一夜之间改头换面的世界。

整个世界，完完全全地，换上了一身雪白雪白的裙子。那么漂亮、那么圣洁、那么高贵。连我丑丑的枝干上，也覆盖上了雪白的轻纱。

美丽的雪花那么忘我地在没有音乐的干冷空气中舞着。一转身、一回眸，都带着无法抗拒的诱惑。我觉得自己似乎要迷失了。

我感到，有一种欲望突破了囚笼。它在我碧绿的血管里，不断地游走，很快氤氲在我心间，让我无法呼吸。

"啊，我要开花！我要用我最虔诚的花与这天地间最圣洁的女神共舞！"我忍不住大喊。

"你疯了吗？在冬日开花只会耗尽养分，怎会有力气结果。那样，你会被砍倒的！"桃树爱怜地借着风势用枝丫抽打了我一下。

我默然。是啊，倘若我开花，那我就将在明年失去生命。

我看了看那晶莹美好、潇洒飞舞的雪花。

啊，难道，我只能被束缚吗？难道我要为了苟且地活在世上放弃追逐这美丽的女神吗？难道我要甘心放弃自己的梦吗？不，这不是我想要的生活！我浑身的枝条颤抖着，显示着我内心的痛苦矛盾。

"要知道，开了花，你的死期就到了。你将再也看不到夕阳，再也闻不到空气的味道了，还是老实点吧！"心底里一个声音响起。

不！我大声地向心底里的声音咆哮！我决不！我不要这样平庸而苟且地活着！我要去经历这美好，我要追逐这纯洁的精灵！谁都不能阻挡我，谁都不能！

于是，那欲望愈来愈强烈，终于刺破了我的皮肤。轻轻地，轻轻地幻化成一片笑脸，摇曳在肃杀的冬季。也许是惊讶于这天地间仅有的小小脆弱生命，雪花旋舞着，亲吻着每一朵花，将花也吻得晶莹剔透了。不知是由于雪花的映照还是别的什么，今年冬天的梨花似乎比以往要美好得多。

第二年，我带着头上仅有的几个梨子，微笑着躺在车上，我的生命很短暂，但我不后悔。作为一棵树，我的生命是辉煌的。开花并不一定要结果的。至少，我经历过；至少，我追逐过。那么，什么都不重要了。我的心，是满足的；我的人生，是灿烂的。

目　送

陈凌子

那一年你回到了故乡。

潮湿多雨的南方小镇，有你沉醉甜蜜的回忆和纯净翻飞的梦想，但长期的分别却使记忆失却了与现实的契合，一点点变得粗糙。

你回来的那天下午，天气很好，积水的路面泛着细碎的光亮。无数人路过你，带着漠然的面孔和不屑探究的神情，目光像舞动的蝶翼轻轻触过你的肩头，又很快飞离开去。

这儿曾经有过一家糕点店吧，你想着，但熟悉的位置却被小小的宾馆替代。纯蓝的店面，微笑的糕点师，他们在哪儿？你开始努力回忆自己是否记错了。你只是依稀记得，生命曾在哪里流淌过。有几枚树叶在流水中漂远，转弯，只留下你守在原点。

最终你选择放弃找寻。

你独自漫步到街角。你忽然想起了那个画室。画室的主人是中央美院的学生，不知为何毕业后却屈就在了这个城镇小小的角落。你当过他两年的学生。每一个周末的午后，你背着墨绿色的画板欢快地跑来，有时能看见他穿着拖鞋坐在画室门口削木头铅笔，神情专注，那双有力的大手在阳光里一下一下地颤动。你喊"老师"，他抬头眯起眼睛微笑。他从来只爱素描，那时你还小，不可能很懂得素描的构图和技巧，但黑白交映的细腻和微微透露的奇异的寂寥感，紧紧占据了你童年心灵的一部分。

想到这儿你有点激动，加快脚步向着画室的方向走去。有人正从房间里进出，背着木质家具，墙上也没有了画框。你的心蓦地一沉，问住一人："李老师呢？""谁？"他好像没听清你的话，漫不经心地回了一句。"就是开画室的李清华李老师啊！"

身后有声音飘了过来："搬了，早搬了。"

你无言地站在门口，看他们进进出出地忙乎。然后你把手放在额角，遮住了有些刺眼的阳光，对着这空气喃喃自语。

老师。

其实，这么多年过去了，你也长大了，也早就看淡了岁月的变迁，知晓人境的改变。漫漫天地，绵长的是它的岁月，寂寞的又是谁的人生呢？

你微微有些失落，你知道的，有些东西不能挽留，但有些东西却也能够长久。内心深处，一些鲜妍旧忆，依旧安静地绽放。一些人，依旧隔着时光的长河，于彼岸，兀自美丽着。

当失却成为一种必然，唯一能做的就只是坚守温存的过往，在不变的感动中，用一方巾，擦拭你流过泪的双眼。

洪荒岁月，世事变迁，谓之大寂寞。保留永不幻灭的记忆，用安然的微笑，面对时间的无言，面对生命的目送。

推开那扇门

陈圣筠

关上心门，就把寂寞留给了自己，敞开它，就拥有了幸福。

——题记

世界上有许多门，不同的门承载了不同的情感。古朴凝重的大门里，是深院的庄严与繁华，门外，是无数羡慕的目光；残破不堪的院门里，是贫穷的凄凉与忧愁，门外，是众多怜悯的目光；推开家门，是亲情的温暖与关怀，门外，是游子的思乡情怀……

院内世界

070

家里有个院子，四周都是砖瓦，只有一扇通往外界的大门。

门是用铁打制的，非常牢固。只是在一根根铁柱上，早已爬上了狰狞的黑红的锈迹，他们就像遇到仇家一样，拼命包裹铁柱。铁门内是一个不算太大的院子，阳光常从门外泄进来，铺满了整个庭院。院子里很干净，没有一根杂草，只在最角落的地方，有一棵不知存在了多久的柿子树。树不大，却很秀气，很有大家闺秀的意思。树荫下常常会有几只母鸡在寻找食物，鸡叫声不绝于耳。然而，树很寂寞。因为庭院的门总是关着的，树只有死守一个完整的自我，不再自我更新，不再自我完善，在这个永不变化的院子里，时间长了，再美好的东西也会变得不美好，再热闹的世界也会孤寂。

其实，树怎么会有情感呢？这只不过是我所赋予的罢了。

推开那扇门

门是一个隔界，隔开了寂寞和幸福。

当门内的一切都不再新奇，当一切都不再有吸引力，当你已经厌倦，怎么办呢？推开它，去外面的世界寻找新奇的吸引心弦的情愫。

终于，我推开了铁门，发现门外的阳光更加灿烂。眼角扫过院内的柿子树，看到它的树枝在不停地晃动，好奇心驱使我走向门外。转角处，柿子树已有小部分探出了门外，父亲正在采摘树上的柿子，可能父亲发现院外的柿子的味道更为鲜美吧。父亲脚下已有一些柿子了，可他还是踮起脚，微倾着身子，努力抓住树枝，再小心翼翼地摘下又一个柿子。阳光下，父亲的脸上已有一层薄汗，他也不擦，而是把刚刚摘下的柿子在衣服上蹭了蹭，又拿在手里端详许久。阳光射向晶莹的柿子，反射出父亲满脸的笑意。看见我出来，便将柿子一股脑儿塞进我手里，"吃吧，给你摘的。"父亲温暖的笑容让阳光为之逊色。柿子树早已停止了摇晃，可树枝还在贪婪地吮吸院外的阳光，院子的大门已奈何不了它了。而此时的温暖瞬间生成幸福充盈在我的心海，满满当当。

和父亲一起推开心门，我看到一个五彩缤纷的世界，这世界的精彩来自于不断完善自我，不做院子里故步自封的柿子树。

院门锁住了院子与外界的通道，锁住了我探求新世界的双眼。然而，它锁不住我感悟幸福的心，就像院子里的柿子树翻过院墙，去吮吸更明媚的阳光一样，推开心门，幸福便在心中繁衍成快乐的源泉……

月圆人亦圆

吴 雨

风，萧瑟。

叶，凋零。

秋便带着那份悲伤来了。收获的喜悦掩不住枯萎的希望，然而这时，月，圆了。

在略带凄凉的苍穹中，丰盈的玉盘指引着甜蜜而又温暖的方向，那便是家。

中秋，团圆的日子，那一刻，被爱充盈。在外漂泊的游子望见那轮明月禁不住浸湿衣衫，每一朵绽落的泪花饱含的是无尽的思念。

欢饮后，忆起的便是往昔美好的曾经，便有了苏大才子"人有悲欢离合，月有阴晴圆缺，此事古难全。但愿人长久，千里共婵娟"的感慨。于是，这轮明月道不尽遗憾。

寒风凛冽，却吹不散风中洋溢的喜悦。

繁华落尽，却斩不断心里收获的欢欣。

两袖的龙钟，述说着对团圆的向往。而今，手中金灿的月饼满口芳香。在这片芳香中，耳边似乎响起了外婆曾经的歌谣。

那时的我还不懂得这节日的含义，只是眨巴着眼睛，好奇地打量着满脸笑容的大人们，偎在外婆怀里，甜甜地睡了。待我再起来，圆圆的月亮早就在枝头趴好了。圆桌也搬到了树下，依旧躲在外婆的怀里，露出小脑袋，外婆的面容已经记不得了，但挂在嘴角那抹慈祥的微笑却印在心底，还有，酥香的月饼。

后来，外婆就离开了我，离开了我们，在我很小的时候。在一个又一个月圆团聚之时，再也回不到那个温暖的怀抱，但是，熟悉的歌谣，却常常忆起。

晴朗的夜空，留给我们无尽的遐想，遥挂的那轮明月满心温暖。在这熟悉的温暖中，手里似乎攥住了那熟悉的温度。

又是一年中秋，家里堆满了月饼，那精美的包装却不如简陋的碟子那般亲切。怀念起外婆粗糙的大手做出的圆饼。虽不如月饼的美味，但那股情是无论如何也抹不去的。

记得儿时，与妹妹偷溜出家门，流连于热闹的街边。各式各样的花灯光彩夺目，却只觉着眼花缭乱，小摊边上挤满了赏灯的人们，扎进人堆，满是兴奋。但在人堆中，我却感觉不到温暖，心的归宿，在哪儿？不知为何，那时匆忙的一瞥，随着熟悉的灯光便找到了家的方向。当那双充满家的味道的大手抚摸我的头顶，心就找到了避风的港湾。

家，便是这样。中秋，便也是这样。这样温暖。

中秋一年年过去，我也一年年长大。如今，已是学会仰头悲伤的年纪，那份惆怅，不知从何而来。不再依偎在父母怀里嬉戏，那份纯真，不知被时间遗忘在哪里。但，那轮明月依旧，那份光辉唤醒了心里曾经的某些东西，咯噔一声，在心的最深处绽放最美的芳华。

哦，是那些情，那些欠得太多，无从还起的情。

月，依旧是那轮明月，人，虽不再天真，却依旧幸福。

夜，已渐凉，月圆，人亦圆。

你听，那棵树在唱歌

朱雨桐

外婆家的院子很大，大得可以做足球场。在院子的边角上，有一棵很粗很高的苹果树，靠着围墙，每年都长得特别好。我们姐弟几个都知道外婆的那棵树很娇贵，不许碰，更不能攀枝折叶，连秋天结了果子也不许我们摘，都是外婆亲自去采摘才行。外婆总是说，摘掉树叶折断树枝，树也会疼。就为这事儿，外婆还和一对过路的恋人理论起来。那个女孩看见穿过墙的苹果树，开了一串串好看的花儿，于是折下了那个树枝，被每天绕着树转的外婆逮个正着，硬生生地从人家手里把那根开花的树枝要了回来，临走还训人家不懂道理，不知道树也会疼。

问过外公几次，为啥不多种几棵，省得外婆跟看命根子一样，外公每次都慈祥地说："不知道了吧？"然后每次都没回答我的话就走开了。

外婆病了，我和妈妈去照顾外婆的时候，才第一次听说关于那棵苹果树的事。

外婆说，乡下都是重男轻女的，因为男劳动力有力气，干得多，有男孩的家里都挣钱快些。外婆家很穷，所以一直盼着生个男孩，可是妈妈是女孩了，外婆又接二连三地生了二姨、三姨、四姨，就是没有一个男孩儿，不甘心的外婆于是生了最后一个孩子，结果，我又多了一个五姨。

外公觉得五姨就是个拖累，又多了一个吃饭的，日子更难过了，于是和外婆商量把五姨送人。可是外婆坚决不让。后来，外婆不知道在哪儿弄了一棵很细的小树，栽到了院子里，自言自语："树长大了，孩儿就长大了，这棵树没准儿会结很多果子，还很甜。"

小树真的长大了，树上的果子果真很甜，妈妈姐妹几个都相继出嫁了，只有五姨考到了一个大城市去读书。已经很粗很老的苹果树每年还是枝繁叶茂，它就这样成了外婆的命根子。春天，外婆给老树修枝打杈，锯掉枯死的老树干，看着新枝抽芽。夏天，外婆给老树浇水，一盆一盆端出去也不嫌累。下雨天，外婆又会顶着雨跑出去挖沟清壕地折腾半天，不让老树淹着。

　　中秋节回外婆家的时候，外婆没提那棵树，一直忙着给这个做吃的，给那个弄喝的，一会儿说二姨的衣服不好看，白花钱了，一会儿又说四姨的头型太年轻了，不像好人家的孩子。走时每家都分了一袋早贴好了标签的苹果，妈妈、二姨、三姨和四姨的名字被不识字的外婆工工整整地写在小纸条上。我知道，还有一个纸条写着五姨的名字，外婆在心里等着最小的女儿。妈妈说，外婆不是在照看那棵树，外婆是在照看她的孩子，我终于明白，外婆为啥对那棵树那么好，还常常对着它自言自语。

　　我听到了，那棵树在唱歌！

晚安，旧眠

许雪菲

安妮，此刻你均匀细密的呼吸声就是我的安乐曲，我在这甜美的曲调中看到从你梦境那头投过来的色彩，浓妆淡抹地涂满我的整个回忆匣子。

黑暗中，开始闪耀一片温柔的光。

"咯哒"——轻柔地，缓缓地溢出匣子。

是什么突然安静了心房，是什么突然照耀了每一处黑暗的角落——十四年来的回忆与梦境在这个小小的匣子里被禁锢了太久，终于得了释放的机会。而此刻它们的主人——你还在安详地入睡，只有我扇动着翅膀亲吻着他们的流光。

你或许永远也不会知道，十四年来见证你的成长轨迹的不仅是你的父母，还有我。栖息在你内心深处，枕着你的心跳入梦，你是我的"玛斯特"，我是你的梦精灵。

不必感到讶异，这是存于每个人灵魂中的秘密，我们只是为你搜集了所有的梦境，保存了所有的回忆，我记得所有你忘了的事情，并且可以娓娓道来，从儿时的第一声啼哭到涉世后的第一丝嫉妒，我比你还了解你自己。

像录音机播放着咿咿呀呀的往事，我拂去厚厚的灰尘，审阅起尘封的梦境——

1995年7月30日

这是你出生后的第一次做梦，你梦到这个世界，只有一面墙的宽度，你拿着刷子，挥动着小小的臂膀，将它全部涂满暖意的粉红色。梦里是一个新生儿对这个世界的憧憬，即使世界并没有你想象得这么简单，但是我还是想为你的童真喝彩。

1997年8月14日

你做了个噩梦，孩子。

在梦的开头是阳光暖暖的日子，海风裹挟着淡淡的咸味将你的长发撩起，海水渐渐起潮漫过你的脚踝，但你内心的汹涌告诉我，后面是一场厄运。你嬉笑着与亲人越走越远，一个浪头打来，冷不丁你跟跄后退，被卷入潮水的漩涡之中，你大声呼救，却没有人听见。你挣扎着想自己泅出海面，但脚却不知被什么水草缠住，动弹不得。冰冷的海水将你的胸腔灌溉，一道温暖的光线袭来——于是你醒了。

亲爱的安妮，我知道你的苦楚。小小的你还不会用语言表达，所以连做梦都充溢着悲哀和无奈，你被确诊为髋关节脱位，足足打了一年的石膏，才逃掉成为跛子的厄运。一年的时间，全部躺在床上，不能如同龄的孩童一般蹦跳玩耍，你是多么的孤寂。

2001年9月1日

我看见在你的梦里，穿着白色大褂的你站在一座全部用漂亮的糖纸片装饰成的屋子里，那里的病人表情安详，像是被抚平了心中和身上的伤痛，你微笑地看着他们，眼神中掠过一丝满足与得意。

安妮，今天是你上学的第一天，当被老师问及理想时，在所有同学此起彼伏的"科学家""大老板"的声音中，你用脆生生的声音骄傲地说出了"当医生"，这个或许不能获得老师赞赏的答案，这个太过于平凡的答案，在我看来却是最伟大也是最美丽的心愿。

2006年元月8日

这个梦做得很漫长，或许你希望你永远都不要醒来，在那时。

在梦中，你梦见自己变成了公主，拥有一橱永远也换不完的漂亮衣服，每天都可以有最好的化妆师来帮你美容，你去参加各种各样的舞会，还飞到安徒生的童话里扮演了灰姑娘和睡美人，所有的南瓜车都为你服务，将你载到英俊王子的面前。铃铛响起欢快的旋律，幸福在不远处绽放着笑意。

其时你已经十多岁了，有了缜密的心思，有了女孩子的娇气和好美的天性，有了自己的小秘密，我看着你一点点长大，一步步接近成熟和青春的轨道，心头溢满无数欣慰和愉悦。

2009年12月7日

今年冬季的天气冷得够呛，你在被窝里冻得瑟瑟发抖，却始终没有告诉大人们。

你在暗夜的森林中像小鹿一般轻盈地奔跑，去寻找彼得·潘世界里的永无岛，你的表情带着桀骜不驯的味道，奋力奔跑只是为了逃离束缚。森林里不知隐藏着怎样的危险暗流，你口口声声说的无所畏惧却失去了自信的力量，你开始恐惧，你开始茫然。你独自一人踏入社会的漩涡，还怀抱着稚幼的梦想，无奈和黑暗像喧嚣的蛾群，涌起的无数灰色翅膀边缘将你划痛。

你终于像个叛逆的小孩，不安于父母的管教，踏入青春期。你以棱角分明的言辞，对抗着大人们苦口婆心的管教。你第一次离家出走，最初满溢着对世界的美丽幻想，直至看透现实和社会的黑暗，遍体鳞伤，你才真正发现，家才永远是温暖的港湾。

……

所有的繁华荒芜，所有的过往云烟，都随着那轻轻的一声"咯哒"，尘埃落定。

我把它们重新锁回了匣子。

我透过你的梦看见内在的世界，所有繁华与荒凉、美好与肮脏褪去浮躁的外表，我看见它们正安然地躺在你灵魂深处平静的湖底，躲在心房里的回忆开始低语。

我透过你的梦看见外面的世界，那些你爱过的人，他们温柔的影子，都变成你的一抹光线，一丝温暖，隔绝冬天的寒冷；观看了你以为可以恒久浓烈的记忆终在时间的冲刷中变得平淡的过程，不再记得真实的痛感。

我透过你的梦听见内心的独白，灵魂的倾诉。看见我的过去，你的现在，在我短暂的行程里，我看到了生的喜悦，看到了你纠结的爱与恨。

2009年的最后一天，我将这十四年来的所有回忆悉数交付于你，贮藏在你内心深处，发酵成醇甜的醉人美酒。

2010年，我听到钟声的敲响，我将别你而去。我听到了你成长拔节的声音，是的，你已长大，不再需要我为你掌管梦境，从此，你的内心世界只有你一个人倾听。你要用情感和理智去描绘每一处有梦的风景。

我将在你的睡梦中沉沉睡去，呢喃道一声：晚安，旧眠。

守　候

张薇薇

有一种温暖，总是游离在甜蜜和担忧之中，那滋味便是守候。

——题记

　　暮色四合，习惯性地打开一盏灯，橘色的光一下子渗进了每一个角落。墙边的藤椅沐浴着微光，静静地守候着我的到来。深深地吸了一口空气里微甜的气味，那是为父亲特意到糕点店定做的蛋糕。今天是他的生日，而且是他的本命年。

　　坐在藤椅上微微晃着腿，仔细分辨着楼道里每日往复不断的脚步声。这些声音在冗长的楼道里，或忙乱，或轻缓，或欢快，或沉重，一遍遍回放着，在各自诉说着回家的心情，充盈着多少家的喜怒哀乐。

　　外面的广场开始放着庞龙的《你是我的玫瑰你是我的花》，滥俗的曲调在广场上盘旋着。这是父亲最喜欢的一首歌，犹记得父亲带着我刚搬进这幢楼时，手机设置的铃声便是这首歌，时常响起。那时我总是笑他老土，可如今，父亲连这老土的爱好也放弃了。他哪里还有这份闲心呢——早晨他的心融进了温热的豆浆里，午后他的心投进了纷繁的工作，傍晚他的心嵌进了回家匆匆的脚步里……他的心那么忙，怎舍得为爱听的曲子留出一片空地。

　　外面不知什么时候飘起了雪花，而父亲那熟悉的脚步声还未在楼道响起。我一跃而起，奔向窗台，却望见楼下的路早已被积雪覆盖。在这座快节奏的城市里，连雪都来得那样气势汹汹。

　　空气里蛋糕的香甜已凝固了许久。想到父亲此时还要忍饥受冻，我就披上外套，到衣柜里翻出一件父亲的棉衣。在向门口走去的一霎，想了想，还是收回了准备关灯的手。

　　刚走到门口，就听见了我熟悉的脚步声自下而上传来。我忙收住了正准备迈出的脚，撤到门后掩笑，等待父亲惊愕的表情。门锁转动，门上的感应灯应势而开，如一朵明黄的花娇媚地绽放，映亮了父亲微笑的脸："鬼丫头，就知道你在等我。"

这回换我摆出一副惊愕的表情："为什么？"

"老远就看见家里的灯亮着呀。楼下路都被雪封住了，我就循着灯走的。"父亲摸了摸我的头笑笑地说，"天天看到家里的灯，就知道我家丫头在守着呢。"

哦，亲爱的爸爸，你可知你每日稳重的脚步声，也是我最温暖的守候？

一声脚步代表着一家的守候，一点灯光是被守候者内心的期盼。

守候是甜蜜的担忧，是温暖的寂寞，是开在黑暗中的一朵散发馨香的莹白的花。

第四部分

右手旁边的左手

　　我很爱我们的生活，似乎从没有那样快乐过，点缀着柠檬时代，从酸涩中洋溢出梦想，即使它遥不可及，但我们依旧是向着它，留下奋斗后的一抹光，那是汗水交织成的背影。

——缪佳园《青柠时代》

那段有火烧云的时光

刘宇珊

下午六点整。道路的尽头赶来风尘仆仆的6路公交车。暮秋合上手中的小说，下意识地瞥了一眼从学校到车站的林荫路，空荡荡的。心微微有些失落，今天，应该遇不到他了吧？

公交车向家的方向驶去。暮秋呆呆地望着天空。天边的火烧云，为了她们想要的美丽燃烧得肆无忌惮，繁密而略带忧伤的模样，像极了自己此刻说不清道不明的心情。

追溯到一年前的秋季，那时暮秋发现总有一个男生会和她一起上6路公交车。应该是初三的学长，看上去不怎么帅气。戴斯文的眼镜，面目清秀，笑起来温柔得体，却又带着淡淡的疏离。每一次上车总是沉默地坐在单人坐，发呆地望着天空。有的时候和同伴有一搭没一搭地聊聊天，不温不火的样子。

而今天因为做值日的原因，这么晚才回家。要不然，应该会遇见他的。

六点钟的6路车，一般很少人。空荡荡的车厢，只有暮秋一个人。

行驶到下一个站，刷卡机传来一声清脆的女声"学生卡——"。暮秋下意识地转过头去看，却发现是他。怀里搂着一堆书，眼镜片后的瞳仁有些疲惫。一瞬间的愣怔过后，暮秋反应过来，下个星期初三月考呢，应该是复习到那么晚吧。

看着他走到平常的位子坐下，暮秋不知道为什么心里那些失落的感觉，一扫而空。

窗外的夕阳照亮了他的侧脸，线条分明。逆光而来，看不清面部的表情。但暮秋想，应该是紧张而有些累的样子。他静静地望着天空，应该是注意到美丽的火烧云了吧，他发出一声惊叹，呆呆地看着，然后手忙脚乱地翻出口袋里的手机，将火烧云照下来，又照得不满意，一遍遍重新来过，不厌其烦。

　　暮秋注意着他的举动，轻轻地笑了。心底有一块地方，忽然变得很柔软。

　　也许这样就好了，只要能这样静静地，看见他，能淡淡地遐想着，这样就好了。虽然不认识他，但就那么觉得：青春的这一段日子，因为有他，所以有安心的温暖，亦有莫名的心悸。

　　就像是天边，他正看着的火烧云。

　　要下车了。暮秋走到门边。他还在认真地拍照。此时的火烧云仿佛因为有他的注目，惊艳得不近情理。

　　忽然"啪——"的一声传来，暮秋看去，他的几本书散落在地上，手里抓着手机。怀里还有书的缘故，他站不起身去捡地上的，一时呆住。

　　暮秋也愣了愣。书只离她一步之远。

　　她又抬头看了看男生。发现他也在看她。

　　空荡的空间，窗外连绵的火烧云。四目相接。他的窘迫落在她的眼底，她的犹豫落在他的眼底。

　　最后暮秋慢慢弯下腰，一本一本捡起。不自觉地脸有些热。这是一年以来，他们唯一的真正的交际。

　　递给他。暮秋感觉到自己的手有些发颤，而男生的窘迫换成善意而友好的微笑，伴随那一句："谢谢。"

　　暮秋摇摇头，回他一个微笑。其实他不必说谢谢，要说谢谢的人是她。谢谢他给了她这一段时光，不谈朝夕，不问岁月，单纯美好，青涩宁静。

　　下了车，暮秋瞥见男生还在望着自己。

　　而天边的火烧云，依旧燃烧得如此美丽。

083

那是一首歌

王康慧

目光被吸引到了一个小小的黑点上，我停下了笔，眼前那个围着台灯转来转去的黑点最终静静地降落在那张字迹斑驳的稿纸上，我定睛，才发现那是只小得可怜的飞虫。

它油亮的脊背上生着一对小巧的玲珑晶莹的翅膀，微微张开着，瑟瑟地颤抖，它细细的触角来回晃动着，仿佛对这蓝蓝白白的世界充满了好奇。

我也没太在意，反而不屑地轻轻吹一口气，便将它送得不知去向，继续执笔行文。

可过不了多久，那小黑点便又调皮地出现在台灯边，继而趴在稿纸上。它摇了摇触角，小细腿慢慢挪动着，翅膀也收拢着，似乎这里是它认定的阵地一般，还转着圈向我示威。我轻轻放下笔，生怕惊动了它，等待着它自己飞走。

它转了几个小圈，扑闪扑闪透明的翅膀，轻盈地凌空而起。我注视着它，好奇地想知道它去哪儿，渐渐地，它离那台灯的灯管近了，又近了，我眯起了双眼，望着它停驻在灯的凹槽边。

它再次努力地向那银白的灯管爬去，一步三步……小心翼翼地附着灯槽……

快了，快到了！我不觉提起了心，为它的一举一动而加劲。

猛然间，我倒抽了一口凉气，它从光滑的灯壁上滑落下来，"啪"的一声，清脆地摔在了稿纸上，在刺眼的灯光下痛苦地仰着身子蹬着细小得仿佛一碰就断的脚，胡乱在空中划着线。

我的心被揪了起来，我关切地俯下身，正心疼地想揉一下它，还未等我捕捉到它的身影，它便一跃而起，再次扑打着小小的双翅，向那耀眼的灯光飞去……再次心悸地滑落，再次将稿纸拍打着重重一声响，被无情摔落……

此时的它像一片枯黄干老的叶一般，绵软得无力挣扎。

我的心刺痛着，几乎要为这看似无知的小虫而落泪，怪它一次又一次为飞向光亮无情摧残自己本已脆弱的身体。

它静止了，连触角也一动不动。我瞪大了双眼，我怕，我怕它再也无法像刚才那样快乐而努力地飞起，飞向它的光明。

我轻轻地，很小心地吹了一口气，盼望着它能够动一动，像那般有活力地动一动，可除了风过，一切了无痕。

我真的怕了，颤抖着双手想让它活过来……

便在这一刹，它又像离弦的箭一般毅然翻过身来，振翅，扑打上来……朝着光明，朝着它一直执着追求着的光亮。

那一霎，是它，拨动了我心底那一首歌，那首动人的，属于一个弱小的生灵坚守梦想的歌，属于那个向着梦想执着追求的歌，久久漾在心头。

第四部分 右手旁边的左手

青柠时代

缪佳园

> 浅蓝色的天空布衬，淡黄色的阳光洒下，青色的柠檬飘散，我们走过，仰望，从天空找到属于自己的部分。

——题记

须臾间一丝清爽，也许是不朽的年华，淡然的轻风拂过脸庞，回响是青春嘹亮的笑。剔透的柠檬被挤出晶莹的汁液，空气里全是青涩的味道，随着时光荡涤记忆，留下的是没有苦痛的青春。

我们是如此清爽地活着，身上带着甜酸，走着漫长但毫不陌生的道路。我们不知道未来是怎样，是些许星辰的闪光吗？而今朦胧的记忆已是半盏，滤尽杂质就如此简单地酿成芬芳。

我们也许会带着善意自嘲自己的软肋，然后编成一句又一句幽默的台词，摸着额头假装无奈，像是被漏斗滤过后的液体。虽然之前是混沌的一片，但之后却变得那样的清澈。光线透过，幻化成无数折射，瞳仁覆盖这一切，在脑海里呈现出五色时代。

我很爱我们的生活，似乎从没有那样快乐过，点缀着柠檬时代，从酸涩中洋溢出梦想，即使它遥不可及，但我们依旧是向着它，留下奋斗后的一抹光，那是汗水交织成的背影。

我们有属于自己的童话，纵使我们已经不再相信桑德瑞拉的水晶鞋，却仍然憧憬着那些年华，为它的无法到来而忧伤不已。我们无法改变能量守恒定律，那么就不在乎丝许忧伤，把它抛向与自己背道而驰的方向，沉淀，发酵出不同于其他的未来，清爽的液体淌过心间，成为成熟的灵魂飘散。思维耀眼闪向大地，化作泥土留在人们温暖的脚印里。

青色的柠檬，那样熟悉的感觉。我们相挽着走在透着汁液的草地上，这样自然地贴近土壤，似乎来不及等待，迫切想与大地融为一体。也许某片云朵、某颗星辰、某束光线寄托着我们的遐想，也是这样淡淡融入心田，是柠檬的味道。

俯下身，回首那些走过的印痕，将过去的时光酿成酒喝下，然后一身清爽，我们继续远航……

第四部分　右手旁边的左手

右手旁边的左手

廖伊彤

冬 天

冷冷的空气凝固在每一个角落，当我一个人坐着的时候，突然又想起校园里和你专属拥有的一角台阶。我总是坐在左边，而你总在我的右边扣住我的十指。

我当初怪你为什么要选那么冷的地方。长长的走廊透着大风的彻骨，凉凉的台阶和灰色的水泥地。然而此刻，我却在想念那个风口，想念那份宁静。

我们的友谊开始不久，却好像已经过了很多事。

冷冷的空气穿透了我的四肢，脸颊也干冷得发疼。

天空发白，就像我和你说过的，我最爱的冬季。

很冷、很冷，我紧紧地将自己裹起来。

记得你笑我傻。

也许你不知道，我并不是需要保护，只是不懂得，也不想，释放自己内心唯一的自我。

双子星

有时候我会怀疑，我们是不是分裂过的一个灵魂，被装在了不同的肉体里，因为我们总是很相像。

这种感觉是突然就有的。

我们相信同样的事物，喜欢同样的感觉。

你是一个很宽容的女孩，带点柔弱和悲伤。

"我们会不会吵架？"

"我不会和女生吵架。"

"……"

然后你没有再说话，我不知道那样的回答是否让你满意了。

我总是像看自己一样看你。

所以我想，那种回答，你也做不出答应。

指　缝

关于时间的比喻，世界上有千万种，而那如沙般细腻的比喻总是我最爱的说法。

不知是否你也听说过？

"时间如流沙般漏出指缝。"

——如时光飞逝时，手心因抓不住而有的空落感。

指缝总是一个人最容易受伤的地方，因为窄，所以容易填满，又因为容易填满，所以容易失望。

所以，当你第一次牵住我的手，我是那么的欣喜，又那么的伤感。

如果有哪一天，我失去这种温暖，我需要多长的时间给自己疗伤？

我流连于自己的幻想中时，又回过头看看身边的你，轮廓柔和的侧脸在午后的阳光下是那般耀眼。我抬抬手，看见我们十指相扣的左右手，指缝之间填满自然。

宁静的树影碎开在长长的走廊，零星的光斑透着淡淡的温和。

多喜欢这样的午后。

让你坐在我的身旁，让你的左手扣住我的右手，然后在无言的和谐里消遭时光。

指缝的温暖从指尖流到心底，如一捧干净而又细腻的流沙。

我总是多余地想，是我的指缝会先变宽，疏远得让你逃离；还是你的指缝会先变窄，拥挤得让我放弃？

因为，流沙再细，也会硌人。

右手旁边是左手

又一次和你走在街上时，你依旧走在我右边，我们没有牵手，但你的左手还是在我的右手旁边。

冷空气回荡在指尖与指尖之间，我冷得打了个颤，你的十指突然穿进我的指缝，然后，指尖顶着我的手背。

你的左手不冷、也不温，而我冰冷的右手蜷缩着，也寻到了温暖。我们十指相扣着，然后，荡着手臂，引来路人的目光。

从前紧握的手松了一点儿。

因为知道那样没有用。握紧了的手只会让流沙更容易流失。

右手旁边是左手，因为你在我身边。

左手旁边是右手，因为，我懂了该怎么钟爱，这个被把握的冬天。

飞一般的忧伤

林锦淳

那是一只蝶。

一只美丽的蝴蝶，拥有一双五彩缤纷的翅膀，在空中轻盈地飞舞着，我迷恋她的舞姿，就那么一瞬间，我爱上了她。

我鼓起勇气浮出水面问她："你愿意和我生活在一起吗？"

"这怎么可能？"她惊讶地叫道。

"为什么不可能？"

"你是鱼，我是蝴蝶，蝴蝶只和蝴蝶生活在一起的。"说完，她就往彩虹的方向飞去了。

我失望极了，回家后伤心地把这一切告诉了妈妈。

妈妈叹息道："傻孩子，鱼和蝴蝶是永远不可能生活在一起的。"

"难道就没有办法把我变成蝴蝶吗？"

"没有。"妈妈坚决地回答。

"哦。"我为此伤心了一夜。

第二天，她还是在空中飞舞着。我慢慢地靠近她，告诉她我想变成蝴蝶的想法。她听完"扑哧"一下笑了。

她说："其实想变成蝴蝶也不是不可能……"

"你有办法？"我诧异道。

她点点头，说："从前在海底有个人鱼公主，她在岸边救了一个王子，不久后她爱上了那个王子。她找到一个巫婆，她问她要双脚，巫婆给了她，可是要她的嗓音作交换。她很难过，但最后还是答应了巫婆的要求。后来王子爱上了别的女孩，她也变成泡沫死了。"

我问她："那女巫在哪儿？"

"在深海里。"

"如果我变成蝴蝶，我就能和你生活在一起吗？"

"是的。"

"我会去找那女巫，让她把我变成蝴蝶，我会证明我是真的爱你的。"

"呵呵，如果真有那么一天，我也会爱上你的。"

我飞快地潜入深海里，找遍了每一个角落，却找不到女巫的身影。我疲倦地躺在珊瑚里，突然我听到了一个声音："孩子，你是在找我吗？"

我回过头，看见一个穿着黑衣服的女人，手里拿着一朵枯萎的玫瑰花，正慢慢地向我走来。

"你是女巫吗？"

"是的。"

"太好了，我要你帮我变成蝴蝶。"

"变成蝴蝶？"女巫一脸惊讶的表情。

"是的，我爱上了一只蝴蝶，她说，如果我变成蝴蝶，她就会和我生活在一起。"

"变成蝴蝶！……可明明是鱼，却想飞翔，是注定要受伤的！"

"我不怕！为了她，我什么都可以付出！"

"而且，蝴蝶的生命只有七天，你真的愿意？"

"就算只有七秒，我也愿意。"

"但是……"

"但是什么？还有别的问题吗？"

"但是，这得用你的记忆来换取这双翅膀啊！"

"所有……所有的记忆吗？"

"是的。也就是说，当你变成蝴蝶后，你就会忘记所有以前的事，也包括她在内。"

我迟疑了，女巫手中的玫瑰花瓣开始飘落碎掉，当最后一片花瓣飘落的时候，我做出了决定："我愿意交换！"

"孩子，我喜欢你的执着，好吧，我就再破例施一次法，让你变成蝴蝶，而且你变成蝴蝶后，你还有七秒的时间去爱她。"

"谢谢。"

女巫把手中的玫瑰花向我扔来，突然卷起了一阵黑风，我感觉到我背上似乎有什么东西要长出来，疼痛得晕了过去。

　　醒来后我发现自己躺在草地上，身边还有她。她已不像以前那样美丽动人，她老了，她冲我微笑："很抱歉，我辜负了你对我的爱。女巫告诉我，你还有七秒的时间可以来爱我，如果可以，我希望你用一秒来珍惜，而最后六秒用来忘记。"

　　"我不要。"我冲她大喊。

　　"你后悔了，是吗？"

　　"没有。"

　　"我还有个心愿想请你帮忙，我一直想飞过这片大海去看那边的花。"

　　"好的好的，我答应你。"

　　"谢谢。"她扇了扇翅膀，似乎还想说什么，但最后还是什么也没说。

　　我抱着她，缓缓地飞起，开始相信，蝴蝶与鱼相爱，只是一场意外。

　　后来，我听见有人说，他看见一只蝴蝶飞过大海，然而他不知，飞过大海的那只蝴蝶，其实是条忧伤的鱼。

佛罗伦萨的涟漪

周良玲

　　生活在美丽的佛罗伦萨，在一幢有着土红色穹窿屋顶的城堡顶楼阁台上，面对着画板，身边摆放着油彩，几乎不休止地作画。——我是一位画家，从我降生的那一刻，就注定与画相随。

　　也许是心灵需要慰藉，但也可能是迫于生计，我努力地创作，又不得不让自己的佳作沦落到那些只会用艺术衬托财富的商人手里。我只知道，当我乘着马车出门，别人都会说，那是一个风华正茂的天才画家。

　　清晨，佛罗伦萨的第一缕阳光射进阁楼的小窗，第一阵风吹动桌上的画纸，我于是匆匆在口中嚼几下三明治，呷几口淡淡的咖啡，便开始了一天的工作。为了新的构思，我站在窗口，注视着整个佛罗伦萨：远方的山峦，在微微的雾气中似乎还没有苏醒，几乎可以触摸近处的城堡，和自己一直不屑一顾的佛罗伦萨大教堂，尽管每次都偷偷把自己的作品匿名送到那里。太阳在一点点升高，有些炽热的光芒包围了红色的穹窿城堡顶，有点热了。我喜欢安静，不想听到任何声音，哪怕是别人眼中最美的音乐。下午，夕阳变得很暖，几抹云彩浮在天空中。也许会有志同道合的朋友来访，喝两杯咖啡，坐在靠窗的桌旁，玻璃窗的晶莹和画中的诗意已经融在一起。直至深夜，佛罗伦萨的夜空悬起月亮，点起蜡烛，把烛光摇曳中的月亮影子映在油画里。佛罗伦萨睡了，世界没有了喧嚣，我却不同，一个人默默在黑夜中用画寻求真谛。但丁的长眠灯也许和我的烛光是一个颜色。最古老桥梁下的流水，也许和我一样平静。

　　美第奇家族让我去当画师。美第奇家族是佛罗伦萨的贵族，是这里的君主，最仁义的君主。于是，我带上我的画，我的思想，向土红色屋顶说再见，乘着马车，踏过古老的桥梁，兴奋地走进新的城堡。我的画室很大，那种贵族城堡特有的金色大门，可以鸟瞰整个佛罗伦萨。我被当作贵宾，受到最好的待遇。美第奇让我画每一位美第奇家族的人，把画好的每一张画放到储藏室中，或是挂在城堡的金色墙壁上。画肖像的活很轻松，不需要去构思，只不过是信手拈来罢了。可我烦厌了这种生活，因为总需要在完成画作后细细聆听美第奇多余的赞美，总是有熙熙攘攘的人在身边走动。本想要用夜的时间给自己油画的自由，却不想这里的烛火在夜里是不会点燃的。于是不再做过多的考虑，不顾美第奇的一再挽留，我提着破旧的箱子，带着一阵风，华丽地退场。

又回到了自己的阁楼，重新开始自己的创作，就算才华被湮没在茫茫世界中，也总会有自己发现那闪亮的一角。

我还是像往常一样，在恬淡的晨，在静静的夜，在心灵深处激发灵感。这可能是有史以来最平静的没有一点涟漪的生活，但这一定是天才最佳的创作方式。

在佛罗伦萨的某个拐角处，你可能会看到一位青年，正趴在窗口，淡淡地用笔勾勒整个佛罗伦萨。

父亲和母亲之间

李琳琳

我一直以为父亲和母亲之间是没有爱情的。至少他们之间谁也没有说过我爱你。

父亲和母亲结婚仿佛为了完成双方家长的使命。父亲的母亲托媒人给父亲说媒，对象就是母亲。两人草草地见上一面，连名字都没来得及问，把生辰八字一合，再到村里办上一桌酒席，然后两人就成了夫妻。

"你和父亲连话都没说上两句，就这样成了夫妻，不会尴尬吗？"

"怎么不会尴尬，你父亲推着自行车走马路这边，我走马路那边。"

"那后来呢？"

"后来你父亲去外地，回来时给我买了条红围巾，然后我们的话题就由红围巾开始，到毛衣，到布鞋，再后来就是你，再后来才是生活。"

那会儿我父亲出门在外，我常常在夜里醒来偷偷爬到母亲的床上，听母亲讲她和父亲之间大把大把的故事。月亮偶尔爬上窗头，月光静静地从窗户里洒进来，方格的窗影倒映在蚊帐上，轻轻的，淡淡的，仿若某一种爱，又仿若母亲那双温柔似水的眼睛。

而父亲和母亲的故事却又只适合在这样的夜里讲，故事里的浪漫和美丽无人能感知，唯有那份真实触手可及。

还记得那年冬天，和父亲已有半年没见的母亲听到父亲要回家过年，高兴得连鞋都来不及换就拉着我跑上大街，买本不打算筹办的年货。

"妈，你不是说今年咱就过平常年吗？"

"你爸要回家呢！"母亲兴奋时嗓门就特别高。

那些日子，即便累到了深夜，母亲也始终微笑着继续。买什么都只有一个理由，就是我父亲要回家了。仿佛她所做的一切都是为了父亲。

新年快到的时候，父亲又突然来电话说有一个新任务，必须赶在过年之前完成，所以回不了家。母亲接过电话，挂了好几天的微笑僵住了，然后只轻轻说了句没关系。

母亲向父亲打听他那里的天气，如果天寒就不要工作，缓缓也行的。最主要的是父亲有风湿病，母亲担心他的身体。

父亲传来呵呵的笑声，说甭担心，那里大晴天呢！

后来，电视里播放天气预报，父亲工作的地方已经下了好几天的雪，路上交通工具无法通行。

母亲红着双眼，忙给父亲打电话，然后就和父亲吵起来了。这么多年了，我第一次看到母亲那么认真地和父亲吵架，相隔千万里，电话那头的父亲始终沉默。

除夕夜虽然下了点雪，但天并不冷。我和母亲对坐着，母亲没有动筷，我也不敢动。一桌子菜全是父亲爱吃的。

"我回来了！"

一个熟悉的声音打破了沉寂，我和母亲回过头，父亲站在门口，用脉脉的眼神望着母亲，肩膀上边顶了些雪花。

诧异了半天的母亲后来还是流泪了。泪水顺着脸慢慢流下，父亲见了忙过来问怎么了，人都回来了还哭什么呢？……然后他从口袋里小心翼翼地掏出一枚戒指给母亲带上，大小正合适。

如果没错，我想这应该是父亲第二次送礼物给母亲。第一次是那条红围巾。

我不知道后来的事情怎样，但母亲一定会和父亲唠叨许多事情，这些事情不是关于爱情的，而是毛衣或者布鞋……

其实，我是更加明白了母亲和父亲之间的爱是那三个字所代表不了的，他们之间或许真的就只有一件毛衣的故事也说不定……

有一种爱叫伤害

任 舟

不知从什么时候开始，我变得这么容易满足，只要望望窗台上那片淡淡的绿，心就和手中的速融牛奶一起温热起来。那丛蔷薇，温柔地绿着的蔷薇，像牵牛花一样伸出藤蔓，爬满我粉红色的日记。

我常常调整它的位置，希望阳光能和我一样眷顾到美丽的它；我常常为它调配营养液，里面掺了夜晚的雨水；我常常注视它，看它幸福地活着。

我为它做了许多事，没想到最感到满足的竟是我。是的，我很满足——它是需要我的。它那淡淡的绿里写满了依赖，稍不留神，我的思想便陷入它的依赖中，以至于我的生活乃至生命都被染上淡淡的绿。

她又把我向后挪了挪，好使我能够更安逸地沐浴阳光。我只好舒展枝叶，试图掩盖自己的忧伤。

昨夜，她没有回家。在暴风雨中，我感到自己将要倒下，但那一刻，我竟然感到满足。

我不快乐，一点儿也不。我想要的不是温室不是花肥不是营养液，我想要的，她不能给我。我不快乐，一点儿也不。但天性不许我暴躁，我只好努力快乐。

她是爱我的。我知道，但她的爱让我感觉窒息。她看我的眼神，就像一张温柔而沉重的网，想要牢牢地束缚住我。

我的蔷薇因为暴风雨的缘故，这几天都颓萎不振。它不再对着阳光频频抖动枝叶，它不再迎着晨曦对我绽开笑脸。

它很忧郁，我看得出来。花店老板说，蔷薇是一种天性快乐的植物，而我要怎样告诉它，我的蔷薇是忧郁的。

我的蔷薇，怎样才能让你快乐？我的蔷薇，你是否太过孤单？

我也曾想过，将它融入庭院的一片绿中。但原谅我，我做不到，我害怕它不能适应那里恶劣的环境，我害怕它不能抵挡风雨的摧残，我害怕它不能承受烈日的炙烤，我害怕它不能抵抗害虫的侵袭。

我也只好忧郁地望着我的蔷薇。

没有风雨的磨炼，只是一味地享受温暖，现在的我变得柔弱无比，就连阳光温柔的抚摸都让我感觉似针刺一般，体内似乎有什么东西正一点一点地流逝。

我不敢相信她是爱我的了，爱，不应该是这样……

或许，她是爱我的，只是我不堪重负……

她什么都可以给我，只是不能给我自由；我什么都可以失去，唯独不想失去自由！

它死了，在我面前。

它要与别的同伴交流，我却只能让它寂寞；它要风的磨炼，雨的洗礼，我却只会给它所谓的温暖；它要自由，它要自己的灵魂能与自然融为一体，我却只会给它沉重的束缚。

原谅我，我的蔷薇。

原来你也在这里

吴鎏昕

于千万人之中遇见你所遇见的人，于千万年之中，时间的无涯的荒野里，没有早一步，也没有晚一步，刚巧赶上了，那也没有别的话可说，唯有轻轻地问一声："噢，你也在这里吗？"

——题记

曾独自一人在那个校园里蹲下身去看搬家的蚂蚁，在空阔的篮球场上看挥洒的汗滴，在小小的花坛里看蝴蝶翩舞的纱衣……

总觉得有一种熟悉的气息，直到在这里遇见了你。

37°的位置

在教室里，你在我37°的位置。抬头，眼神右偏就能看到你，只一眼就惊艳了时光。

那天，空调吹得我头很痛，看着周围陌生的脸，无助地朝你望去，你竟为我按下空调的按钮，听见清脆的两声"嘀嘀"，敲打着我的心。

你调高的是我心的温度。

三排的位置

在公交车上，你坐在我后三排的位置，我看不到你。

一个人失落地望着车外，看行走的人群、路过的风景，树叶刮得车窗沙沙响，一片叶子被抛弃在我的手心，轻触它的叶脉，很清楚的刺痛。

仍然记得，你走过我时对我说的一句："你自己一个人小心"。

一步的位置

在走廊上，你走在我前一步的位置，只一步，我却不曾走上前去。

总会不经意地和你相遇，每一次都惊心动魄，一条长长的走廊，你从那头往我这里走，我从这头往你那里走，我只闻到擦肩而过令人窒息的凝重气息。

就只能这样，你不看我，我不看你地走过去。

你的位置一直离我很近，但我未想过靠近，我在离你很近的位置看你的忧伤、你的笑意，不曾打扰，不忍打扰。

你不会知道有人曾这般地迷恋你，因为你根本不会在意。

我像一粒微小而可悲的尘埃，任你路过的风托起我的内心，又在你从不回顾的背后，自己落下。

你是最初的、曾经不可一世的、唯一将我的生命完全湮没的故人。

现在，我要远离你的位置，去追寻自己的天空和自己的梦。

我义无反顾地奔向没有你的生命盛宴。

如若某年某月某一天，我在某个拐角遇到你，我只会轻轻地问一句："噢，你也在这里吗？"

在这个夏季

林雨婷

一

在这个夏季，因这抽象的标题，我开始逐渐深入郭敬明的世界。其实，对郭敬明的认识并不透彻，只是依稀记得在《最小说》中的照片上，郭敬明忧郁的眼神和深咖的发色弥漫着寂寞。也许，附着在他睫毛上的大把大把水分子并不是寂寞凝结而成的，正如那位作家所说：你永远也看不见我最爱你的时候，因为只有在我看不见你的时候，才最爱你。同样，我也永远看不见郭敬明的寂寞，因为他黑色的寂寞往往只有在黑暗中，才会一簇簇用力地绽放。想到这，便浮想出郭敬明的影子在那样寂落而空旷的夜里，无法如李白那般，邀下明月，随影共舞，唯有单薄地空荡荡地漂浮在枝叶间被扎得千疮百孔。

书中充斥郭敬明精致的譬喻和华美的词藻，在我十六岁的单薄的青春中飘飘荡荡，时而激荡起一阵清风。空旷、舒爽。

二

在这个夏季，初中毕业。尽管成绩不尽如人意，但总算能保持着一颗轻松的心用自己想用的辞藻和应时的情绪，拼凑成我的青春，浩浩荡荡而又七零八碎，零落而又充实，喜悦抑或是悲伤。我想我与郭敬明相似，也是喜欢写散文的。他是那么那么喜欢，正如他说的，他是喜欢站在一片山崖上，然后匍匐在自己脚下的一幅一幅奢侈的明亮的青春，泪流满面。郭敬明更注重回忆，而我在着笔时更倾向于纪录当日心情。我刻意写下的散文是在不经意间形成的，也许不能将这种文体称作散文，只是在文字与符号之间，隔着几亿光年，凌乱，不成章法。

在某个年岁，我的文字也如郭敬明一样，那么绝望，那么破裂。记得当日刻画下这些心情时，我的指尖触碰到键盘，便有一种刺痛扎在指尖，微微地扎痛了心里的伤感。

内心突然漫上一束倔强，似乎在抬手与放手之间肆意地丢弃着什么，而丢弃的正是令自己心痛又畅快的东西。

咔，咔，咔。

在内心斟酌损益的同时，我听到时光的断裂，残留的粉末如干燥的思绪，错综复杂。

三

在这个夏季，却为郭敬明笔下的春天里漫天漫地的杨花所动容。

外公的胃癌无疑在这个夏季为我的青春添上一道新愁。母亲为此连连叹气的同时，时而能够接听到外婆的电话，我可以从电话里面隐约地听到那些低声的家乡话在她身边弥散开来。外婆向我说了外公的近况，知道他有所好转，我的快乐便溢于言表。外婆说你过得怎么样？我说还行。她说还好就好，成绩怎么样无所谓，这样的分数已经很不错了。

放下电话，我才默默地说，我很累，可是，让你们知道，又有何用。

总有人说我应当懂得知足常乐，只是我学不会，我也不想学。因为我始终担心，我小心翼翼地怀揣着的上进心也因此丧失，不复寻得。

还是那句话，但愿在时光倒退的伤感中，我所得的结果令我问心无愧便可。

四

在这个夏季，我蹲在地上，我想看看手心的掌纹可曾抓住过逗留的年华，想看看那些年华的痕迹是否在悄悄地向前蔓延。

叮当，叮当，叮当。

我倚在窗棂边，阳光从茂密的香樟叶间穿透下来，成为一块一块很小的碎片，纷乱地掉落在窗前，就像那些掉落在我窗前的惆怅所敲打出的声音。也许，我应当学会遗忘，让那些不美好的事物流连在过去。

在这个夏季，在这个忧伤的六月，我从人生的某一时段打马而过，一连串的悲喜浸染了衣襟。借郭敬明之言，那些曾经以为念念不忘的事情就在我们念念不忘的过程里，被我们遗忘了。

艳阳满地

郑 田

　　还记得你说家是唯一的城堡/随着稻香河流继续奔跑/微微笑/小时候的梦我知道/不要哭/让萤火虫带着你逃跑/乡间的歌谣/永远的依靠/回家吧/回到最初的美好……

——Jay《稻香》

　　虫鸣鸟叫的声音，欢快嬉笑的声音，在整首歌的开端，总觉得像催眠一般，可以让人陷入那个臆想中的场景，艳阳满地。

　　追溯到年少的时光，那个少年站在翻滚的金色浪涛中低吟浅唱，脸上挂着的是至今我仍未忘却的夸张笑容。《稻香》，似乎是呓语般的歌声，又似乎是在某个阳光肆意流淌的午后，在梦境听到的音乐。

　　于是我看见，听见，艳阳满地。

　　琳姐说："有缘若是太短，比无缘更惨淡。"可是，有些缘分，像极了黑色夜幕中极尽绽放的焰火，绚丽过，夺目过，即使终将无奈地消失在夜空，却已经在心中画出了最美的轨迹。每一个少年都会成长，在最终的某一天，我们依然会选择带着其他人的祝福，各奔东西。

　　不要说是我们忘记了曾经的誓言，不要说是我们背弃了从前的理想，每一个人都有自己必须背负的，每一个人都有自己必须承担的，成长的路口，分道扬镳的概率总是那么大。有些时光，错过了，就不会再回来。时光机只是人们许下的美好愿景而已。

　　有时候，正如马路上那一张张陌生的面孔，从你身边飞快地走过，而你站在路中央，同样的目光凝视着前方，雾气朦胧的对岸，你不知道，你不明了，你伸出手，却什么也触摸不到。混沌中弥漫着陌生的味道，你知道那个世界并不属于你。那么多的过往被时光打上遗忘的邮戳，在记忆里消失不见。

　　犹如Rap般散落四周的失落，如碎片般无迹可寻的幸福，又该怎么捡起？

有很多不属于自己的美丽闪耀在眼前，我很希望能成为那些光鲜亮丽人群中的一个，伸出手想抓住幸福，却如盲龟遇浮孔般无处找寻，迷失的瞳孔中映衬出夜晚的霓虹，所有的灯红酒绿都无法接纳自己茫然的心情。我的寻觅如同徘徊夜空的萤火，看得见光亮，却找不到希望。

也许是在不经意间，某个笑容温暖着左心房，那代表着一段回忆，你是这段回忆的主角，演绎着回忆的舞台剧，抑或平淡、抑或起伏，走走停停中，发现你早已灌注到回忆里，正在和现实上演挣脱的比赛。

——珍惜一切，就算没有拥有。

稻田总赋予人一种温暖和知足的感觉，也许是因为它本来就是那样耀眼的颜色，又也许是它预示着成熟和丰收，看见它，心中总是激荡起点点快乐。

珍惜，知足，就算没有拥有。一个遥远的声音告诉我，说快乐就是知足，不是功成名就，而是内心的幸福满满。

失望并非绝望，虽然我会偷偷哭泣，我会迷失方向，但每次想到我并不是一个人时，我会露出温暖的微笑，即使我得不到，但我依然很满足。

——阳光洒在路上就不怕心碎。

我在路上，采到了一朵艳阳，它那么任性地开放着，那么简单就驱走了我心中的寒冷。

——追不到的梦想，换个梦不就得了。

很随意的一句话，却是很多人执迷不悟的地方。成长的路上有好多个梦，换一个，其实很容易。

——所谓的快乐，是赤脚在田里追蜻蜓追到累了，偷摘水果被蜜蜂给叮到怕了，靠着稻草人，吹着风，唱着歌，睡着了。

这是我最喜欢的一句话，俏皮的语言用稚嫩的语调唱出来，仿佛看到一群孩子在快乐地玩耍，把满满的童真的回忆都装进了口袋里，胸口暖暖地感动，如同看见阳光的心情。

——回家吧，回到最初的美好。

每个人都可以想象，也许回到过去，也许就在现在，伴着夕阳的落日，那里有爸妈，朋友。你看着这些令你温暖的人眉宇间的笑容，每每想到，这就是你最好的依靠。请你，带着你的心，回家吧。知足常乐，返璞归真，拥抱着最单纯美丽的愿望，勇敢幸福地走下去。

请看，窗外，艳阳满地。

第五部分

人生若只如初见

　　这个世界也许真的有太多事，是自己无法触碰也无法改变的，因为哪怕是轻轻地触摸也可能灼伤指尖。檐下悬空的花盆里有几株兰草，似乎再过些时日便可吐蕊。却是旧香残粉的味道，有些熟悉的落寞。

　　乌云缱绻，雨落有声。残花已败，那么自己既非残花，便只有开放的命运了吧，即使无人驻足，即使四周的世界是空茫茫的一片寂静。

　　去年今时，今季昔时，和现在比起来却是美好得恍如梦境。

——郑田《淡烟流水》

江 城 子

王双兴

一滴保存千年的眼泪，一朵香坟前不败的白菊，一句"茫茫"，一声"难忘"。他——苏轼，梦境中醒来，拭去的是泪，拭不去的是思念。

十年生死两茫茫

又一次，那张脸又一次在苏轼脑海中浮现，仍然那般眉目娟秀，那般俊美，本想"不思量"，却又"自难忘"。心儿被她牵动着，灵魂被她牵引着，难以入睡。浅道一声："弗儿，你在那边可好？"

苏轼推开窗，夜空中，明月高挂，却不见有星星的陪伴，不禁惹起万斛愁绪。一阵凉风吹来，却吹不去他心中的愁绪与感伤。他凝望着远方黑魆魆的山头，内心早已波涛汹涌。

他不知道，千里之外，眉山上那孤零零的墓冢，是否有路人瞥上一眼，是否有鸟儿在旁边小憩一会儿，是否有风儿替他送上一朵花，哪怕是一片落叶。

他的苦闷无人能说，她的哀伤无人能诉，只留得记忆中殊存的欢景愉时。

或许此时，苏轼站在王弗面前，也早已"相逢应不识"。宦海沉浮，南北奔走，满面的尘土掩盖了曾经的风华正茂，花白的鬓角遮蔽了曾经的英姿勃发。沧海桑田，物是人非，岁月消逝，曾经相濡以沫的爱人幽明永隔。苏轼微叹了口气，满腹的愁思只换作轻轻道出：十年生死两茫茫！思念，无奈，悲切，感慨，一句"茫茫"诉尽心事！

夜来幽梦忽还乡

日有所思，夜有所梦。十年，整整十年，思念了十年，感伤了十年。忧郁中，进入梦乡——

苏轼在仕途上奔波劳碌，数年未归，他实在按捺不住心中的思念，准备归家探亲。他从密州起程，搭车，乘船，历尽艰辛，但风风雨雨终究阻挡不了急切的归家之心，在几天后的早晨，苏轼终于回到了家乡。

曾经的几排娇嫩的小树如今已长成一片密密的树林。苏轼踏着石板小路走在林子中。就在路的尽头，那再熟悉、再亲切不过的小房子出现了，在雾气中摇曳，在晨风中朦胧。房子的窗开着，美丽的王弗正在窗前梳理红装，苏轼一阵心酸："弗儿，你本是笑靥如花、明眸善睐，如今为何这般沧桑？"

苏轼走到王弗面前，两人相见，没有卿卿我我，没有甜言蜜语，将思念统统化作泪，潸然，滑落。

情深意笃的夫妻相逢，本应是多么深情美好的画面，而此时，苏轼梦中与爱妻相见，却是平淡无奇，然而淡而弥永，久而弥笃。

梦醒，泪落，心伤，思念人。

苏轼向着宁静的夜空，许愿道：天空中的明月啊，请照亮我妻子前行的路；山冈上的短松啊，请永远守护我的爱人！

明月，松冈，孤坟，断肠人。

有人说，所谓爱情，因为平淡所以习惯，因为习惯所以纠结，所以分不开。正如苏轼与王弗，那种真挚的爱情，那种深切的思念，那般情真意切，那般哀婉欲绝，催人泪下。

又是一个月圆之夜，轻声吟诵《江城子》，当作泡过千次的茶，反复温习着熟悉的味道：

十年生死两茫茫，

不思量，自难忘。
千里孤坟，无处话凄凉。
纵使相逢应不识，
尘满面，鬓如霜。

夜来幽梦忽还乡，
小轩窗，正梳妆。
相顾无言，唯有泪千行。
料得年年肠断处，
明月夜，短松冈。

木兰花开

许雪菲

醒在黑山睡在黄河风吹往北，昨日故乡东市骏马在等着谁，我想喝家里的井水，却吞下生死的滋味，让我敬往事一杯，对自己说，绝不后退……

——题记

"爹，这些纺织绣衣的细活我是学不来。"

执拗的口气，眉眼里透着坚定，少时的你捧着不成样的布料幽幽地叹气，可是父亲一眼洞察了你心中的念想：不是学不来，是不想学罢了！

虽然是女子，你却没有女孩子家的那份娇贵和温情，眉宇间倒是多了几分男儿的英气。自小就跟着父亲习武，骨子里向往的是耍起长刀大矛，英姿飒爽。翻开那一页页泛黄的兵书，仿佛琥珀色的蜜糖在你心间融化，浸入每一寸渴望的肌肤。

命运的纠葛，从一开始就为你埋下伏笔。

浓情系家

彼时，烟暖云舒，天如碧瓦，庭院里的木兰花长势正好，枝叶在明澈的天空下交错叠加，被阳光熏烤出淡淡暖香。窗外的云彩大朵大朵地腾空而起，向你绽放一个广袤的笑靥。丝毫没有预兆，远方的尘土飞扬带来了你的忧愁和苦恼。

"北方柔然族不断南下骚扰，北魏政权规定每家出一名男子上前线。"冰冷的话语带走了多少人心头的期盼。

最害怕的时刻终于到来，"花弧！""到！"

你眼看着最亲爱的父亲已经年老体衰却要奔赴沙场，奔赴生死未卜的前方，心中的念想忽然就愈发地强烈：既然父亲已老，弟弟年幼，这个家的重任我来承担！

"替父从军"，一个多么豪迈的字眼，你压下心头的苦涩，擦拭着父亲最爱的刀剑，回首遥望那片夜幕下安宁的村庄，一股汹涌的情愫澎湃在胸腔，终化作一滴泪埋在乡土。

风轻轻吹过留下泪痕，你毅然转身踏上未知的明天，有一股力量鞭策你前行，它的名字叫作责任，一种对家人的浓情和责任。

珍爱于士

从现在起，你不是那个可以在爹娘怀中撒娇的女孩，也不是那个沉醉于英雄梦的少女，你是一个需要面对血溅沙场生离死别的男儿，你是一个系多少人性命于一身的将军！

望着训练场上一双双忠诚的眼睛，你暗暗对自己说。

多少次在噩梦中醒来，你担惊受怕于被发现是女子；但当军鼓嘹亮时，你依然坚毅豪迈得像个男子。

多少次想要逃避，逃离这个刀光剑影的世界，哪怕回家针织绣花，做父母的乖女儿。但逃避不能阻止战争，害怕只会让你们失去更多。是什么力量倔强地战胜了心中的恐惧，让你棱角分明的脸上显现出无畏的神色？

是责任，一种对战士兄弟们的珍爱和责任。

忠诚为国

云在天上混乱地飞，滚滚沙场埋下一滴男儿泪，谁能解开你惆怅伤感的心结？

火热的心在马背上跳动，赤子们拿着长矛大刀与占领你们家园的敌人拼杀，他们的脸上显出决然的神色，为了百姓的安宁，为了国家的振兴，你带着将士们与敌人殊死搏斗。多少如花的生命像雨水落入大海，销声匿迹，只留下一块块带血的军牌，用坚韧的字体写下逝者的姓名。

看着兄弟们用鲜血染红的旗帜，在肃杀的秋风中猎猎飞扬，插在了祖国边关的土地上，你的希望从泥土中重新绽放，热烈地拥抱生命……

"赏！花木兰将军为国杀敌，立功无数，是天下的骄傲。"

是什么让你毫不犹豫地谢绝了所有的赏赐？是什么让你和你的将士们在战胜敌人的那一刻流下滚滚热泪？

是责任，一种对国家忠贞不渝的使命和责任。

婉转清亮的乡音入耳，你终于回到了阔别十二年的家。

纺织机上的布衣积满了厚厚的尘埃，暖风拂过兵书将泛黄的书页卷起，你看着苍老的父亲，心头溢满惆怅和莫名的情感，听见父亲的声音仿佛在光年之外传来："木兰，你真的长大了，你学会了承担。"

在铜镜面前你卸下了所有的伪装，穿上曾经喜爱的漂亮衣裳，罗裙秀袄，贴上花黄。你看着镜中的自己，仿佛看见当年埋在沙场的男儿泪，在七彩的光线折射下，映出一颗晶莹清澈、柔软坚韧的玲珑心。

窗外，木兰花开，你终于看见在不远处绽放笑意的幸福。

四面楚歌

陈　旭

多少次曾在梦里穿越回眸，多少次曾看见河就想起了漂泊。

雨纷纷，一把古朴的伞带着我走到了雨季的尽头。雨过初晴，我独自来到江边。纵使一路泥泞也寻不到先人的足迹，我不曾回头。江堤上，阵阵清风拂过历经风雨愈发油绿的小草。我仰望着天空，深邃无瑕的蓝色带走了我的遐想，去了另一个时空，仿佛我也跟着穿越了。

汩汩不绝的江水，阳光温柔地洒进水波，光鲜而不刺眼。彼岸高楼林立，人潮涌动，数不尽的繁华。一度蒙昧荒蛮的荆楚大地已经在各种文明的交织下脱胎换骨，取而代之的是崛起的风华。这片土地上，一定曾有人在此驻足，播种了文明。

我想起了余秋雨先生的《山居笔记》中两篇脍炙人口的文章——《流放者的土地》和《天涯故事》。书中说："东北这块土地为什么总是显得坦坦荡荡而又不遮遮盖盖？为什么没有多少丰厚的历史却又快速地进入到一个开化的状态？至少有一部分，来自流放者心底的这份高贵。"东北与海南虽天各一方，但曾经的流放者们，被贬谪的文人墨客，都曾为荒蛮的土地带来过文明的火种。嫣然一笑，天涯便成家乡。"嫣然一笑，女性的笑，家园的笑，海南的笑，问号便成句号。"想到这里，我肯定，定有一群群人在荆楚大地上来了又走，他们带来了文明，带走的只是回忆。有的甚至将热血洒向了这片土地，就像奔腾不息的江水，风干不了。千百年来，他们的步履一刻也未曾停止。风雨飘摇，他们却义无反顾，游离失所，他们依然视死如归。

千百年后，我在江边环顾，他们的足迹我已无处寻觅。他们的歌声是否还在风中传响？他们的灵魂是否还在游离飘荡？

"沅有芷兮澧有兰，思公子兮未敢言。"洞庭湖畔，兰馥芷韵，渔歌唱晚，屈子在汨罗江上漂泊，突如其来的悲怆让他不能自已。他凝视着远方，满目的怅惘，又有谁能读懂他破碎的心？众人皆醉我独醒，举世皆浊我独清。区区江边一渔父，又怎能领会屈原历经的沧桑？又怎会知道屈原心中的"公子"是故里秭归，是楚国国君，还是天下苍生？"路漫漫其修远兮，吾将上下而求索。"这其中包含着几多豪迈，却又几多无奈。一路艰辛，他实在无法走下去，无能为力，只好纵身一跃，从此五月成了江边粽叶飘香的季节。

"虞兮虞兮奈若何？"多么透明的哀伤，多么潦倒的无奈。同样是战乱纷纷，兵荒马乱的年代，同样是走投无路的结局。当年西楚霸王举鼎时的武功盖世，在命运面前却显得那样苍白无力。"落日的响亮，他砍掉自己的头，保全了心。"英雄气短，心高气傲，江山美人曾离他那么近，却还是落得个宝马送人，人头落地，一无所有。曾经的西楚霸王，却无颜见江东父老。千古遗恨，到底是没有运筹帷幄，还是天要亡我？他终究没有怨天尤人。

四面楚歌，穿透楚河，穿透苍穹，响彻神州大地。屈原的心，项王的心，原来，他们都不过是过河之卒，不能回头，除非取得胜利，才能满载而归。这是游戏规则，无论如何，我们也无权否定他们，毕竟，他们带来了文明，功不可没。

流不尽的楚河，我依旧在江边凝望。一道天光划过天际，鼓角声响起，四面楚歌，何等的悲壮，何等的苍凉！

115

淡烟流水

郑　田

篆香燃尽，一室残香。玉步摇摆发出叮咚的声响，打碎了晨间安静的空气，极细微的响声如涟漪般扩散。

拈几处险韵成诗，折一枝杏花欲放，檀木窗外的春山有着墨痕般的淡淡轮廓。绿绮遗魂闲坐楠几，未闻琴声琤琤，徒留衣角窸窣，掩过了几不可闻的低叹。沉香木的衣箱残留着用作熏衣的旧年桂蕊，花瓣因失水而有些蜷曲却余香不灭。旧时裳在，今春的风较往日更为寒冷了。

绿杨荫里秋千影，年年花开花谢，而叶倒是绿得愈发清灵剔透。衬得一弯无名的溪水亦多了几分情意。可是落花流水本为伤春铺陈，便是多情，也无甚可改变了。

画屏是前年旧作，萍花，汀草，岸芷，君子好逑。昔年斗草的兴致却荡然不复存了。盘丝系腕，巧篆垂簪，往事少年依约。

莫说流年暗中偷换了什么，木阁还是那么袅袅地立在水边，园里的雀儿鸟儿的也一代代在此扎根，可能对闲居有所影响的只是当季风行的穿戴罢了。翠冠上编着的长流苏今春会换个花式吧，也许斜纹织的孔雀毛裘会再次风行呢！

可现在，乍暖还轻冷。无边的漠漠轻寒把阁楼笼在朦胧的风景中，也许有些人，无法细数他的好，可是如若不在，便会心里空荡荡的，像是雨洗过的青石板路，以一种等待的姿态在那里长存。

这个世界也许真的有太多事，是自己无法触碰也无法改变的，因为哪怕是轻轻地触摸也可能灼伤指尖。檐下悬空的花盆里有几株兰草，似乎再过些时日便可吐蕊。却是旧香残粉的味道，有些熟悉的落寞。

乌云缱绻，雨落有声。残花已败，那么自己既非残花，便只有开放的命运了吧，即使无人驻足，即使四周的世界是空茫茫的一片寂静。

去年今时，今季昔时，和现在比起来却是美好得恍如梦境。

她默默低头，额前一缕青丝落下。天际依然是久未放晴的晦涩。

淡烟流水画屏幽。

人生若只如初见

裳丽丹

> 如花美眷，似水流年。随着杨玉环的款款身影，悠悠观望李
> 氏王朝的兴替；借着清风一缕的闲情，慢慢品味这段旷世奇情。即
> 使，转眼已过千年。

——题记

故事的源头追溯到骊山初遇。骊山仿佛是一个很不安分的地方，周幽王为博美人一笑，烽火戏诸侯，在此做出了亡西周的错举，而唐玄宗，在此遇上了杨玉环，断送了开元盛世，留下了一段为后人津津乐道的"黄昏恋"。

偶然邂逅，并无火花。然而杨玉环天真开朗的形象却让李隆基着实留心了，爱恋的情愫在心里日夜疯长，李隆基明白这是不伦之恋，不要说是当初，就算是现在，也是要受到指责的。然而，爱了就爱了，他终究是做了。

一位年过半百的皇帝为什么会抛弃世俗的眼光，爱上自己的儿媳呢？我们看了众多史料和小说，无非说是情投意合的一对。玉环美，美得"天生丽质难自弃"，美得"回眸一笑百媚生"，如此绝色佳人，何人不爱？而李隆基，亦是天纵的英才，是旷世的明主，平韦后，清太平，大唐的辉煌岁月，浩荡河山，谁及得上他李隆基呢？如此英雄，当有个绝色佳人来配。

更何况，杨玉环和李隆基一样精通音律。自古以来，知音对于志士来说，比世间任何事物都珍贵。古有伯牙摔琴谢子期，今有玄宗做鼓伴环舞。得此佳人，夫复何求？纵使"春宵苦短日高起，从此君王不早朝"又如何？

在杨玉环面前，唐玄宗不再是君临天下的九五至尊，他只是一个情意绵绵、多愁多感的少年郎，他只是李隆基，不是大唐盛世的唐玄宗，只是他自己。

夜半无人时，她唤他三郎，没有再多的礼节，这样的温馨平等，仿若寻

常人家，于是，他们许下寻常夫妻的誓言，"在天愿作比翼鸟，在地愿为连理枝"。可是，这份寻常的感情，放在帝王家，却显得那么不寻常。

于是，唐玄宗更觉珍贵；于是，杨玉环"万千宠爱在一身"；于是，她"姐妹弟兄皆荣耀"；于是，天下便有"不重生男重生女"这一说；于是，李白留下了"名花倾国两相欢，常得君王带笑看"这一佳句……

如此纯粹香醇的爱恋，如此旷世独有的佳侣，却因"安史之乱"，转眼消逝。

安史之乱，生灵涂炭。于是，她的三郎"九重城阙烟尘生，千乘万骑西南行"，却无奈六军不发，她不忍她的三郎——一代旷世明主，千里奔波劳碌出潼关，更不忍他皇图霸业转眼成灰，于是她"宛转蛾眉马前死"，只求三军齐发，护他早日回长安。

山盟虽在，人已成空。唐玄宗只有"君王掩面救不得，回看血泪相和流"，他的环儿走了，永远不回来了，他只能"孤灯挑尽未成眠"，他只望"魂魄入梦来"，他只盼"天上人间会相见"，他并不为失了李氏王朝而后悔，只觉得救不得心爱的人，他抱恨终生！

她像那紫霞仙子，挚爱的人是旷世英雄，有以天下相赠亦不皱眉的豪情；然而，我们欣羡于绚烂的开头，却不忍见到那催人落泪的结局……

人生若只如初见，多好。他仍治理他的李氏王朝，做一位旷世明主；她仍做她的绝色佳人，与寿王白头偕老。没有开始，也就没有这悲惨的结局。

然而，人生又哪有这么多如果呢？如同唐玄宗和杨玉环，爱了便是爱了，错了便是错了，纵使"此恨绵绵无绝期"也无法弥补，就算可以选择，他们也宁可记得所有伤心吧。

人生若只如初见。

118

虞 美 人

王双兴

宁静的春夜，独一弯残月在雾气中朦胧。托腮蹙眉，仰望天际，泛起的，不知是悲哀，凄凉，抑或感伤。甜蜜的跫音消失殆尽，美好的回忆都已斑驳，真挚的情感惨然零落，残留的缠绵也已湮没。一切的一切，正如璀璨的烟花，摇曳后，随风飘远。多少年后，只留一个我，忆着多少年前的你，月下，垂泪——

乌鸦嘶鸣，叫人肝肠寸断；舞姿蹁跹，一曲绝命悲歌，你——虞姬，巾帼英雄，芳华百代！

你千般柔情，万般妩媚，与年轻勇猛的西楚霸王项羽情投意合；你美丽多情，却有着不一般的柔情侠肠，穿战靴，披绣甲与夫君并肩冲锋阵上；你温柔贤惠，善解人意，只因有你，楚霸王才能越战越勇，所向披靡！

一个是貌美如花的巾帼英雄，一个是英俊潇洒的西楚霸王，情深意笃的恋人，上演着比爱更长远的神话。然而，古往今来缠绵悱恻的爱情总是喜欢用阴阳两隔来作为悲情的结尾，让人不知该是唏嘘，还是感慨——

公元前202年，汉王刘邦与项羽争夺天下，项羽被困垓下。听着四面荡起的楚歌，望着军心涣散的军队，楚霸王不禁心如刀绞；忆着曾经勇猛冲锋陷阵，想着曾经的赫赫战功，早已欲哭无泪。事已至此，还有何值得留恋？只是放不下心爱的人——你，虞姬。抚今追昔，他心潮难平，不禁感慨悲歌："力拔山兮气盖世，时不利兮骓不逝，骓不逝兮可奈何？虞兮虞兮奈若何！"

你看到，他曾经的霸气已淡去，威武的身躯也隐隐笼上了寥落与感伤。风萧瑟，人忧悒，帐内，你们谱着哀伤。他的心痛，他的牵挂，你是能读懂的。你凄然起舞，泣不成声，红袖翻飞，映着早已被泪模糊了的双眼。幽幽红颜，森森剑影，伴着四面楚歌的韵律，你若断若续地吟道："汉兵已掠地，四方楚歌声。大王义气尽，贱妾何聊生。"

舞姿戛然而止。

你将佩剑扬起，在项上一横，鲜血飞溅而出，香消玉殒，却依然是那如花的笑靥……

"男儿有泪不轻弹"，可此时，项羽抚尸大哭，抱着你尚温的身体，默默走向乌江边……

我知道，你是伟大的，你不愿让你爱的、爱你的人为难，你希望他可以全力以赴，尽早逃生……其情，惊天地！其义，泣鬼神！

沥血的残阳斜射着孤零零的墓冢，寂寞的孤雁在满溢悲伤的天空无助地徘徊。后来，在你血染的地方，长出了一种罕见的花，像你那般艳美，于是，人们给它起了一个美好而又深刻的名字——虞美人。

其人已逝，芳名永存。对于爱情，又有几个人能够如此坚贞？有人说："你们是超越了人、鬼、神三界，穿越了千年时空的旷世情侣。"我说："你是会被我永远铭记于心的巾帼英雄！"

"遗恨江东应未消，芳魂零乱任风飘。八千子弟同归汉，不负君恩是楚腰。"千载轮回，忘不掉幽幽离殇。又见枝头吐新芽，重新拾起内心散落的文字，想说的，太多，太多。夜，依旧泛着雾气，有些微凉。点点的水汽在指间融化，淡淡的忧郁在心底蔓延。虞美人草，随风摇曳……

我最欣赏的一枝"梅"

李佳彤

你是我最欣赏的一枝"梅"，一枝遥远的梅，开在宋代寒冷的风里。

手捧香茗，脑海中想象着你的容颜，富贵张扬的牡丹，灼灼艳丽的桃花，高傲带刺的玫瑰……显然都配不上你的美，我觉得你的美犹如墙角一枝独自盛开的红梅，是别致的幽雅。细细回味，你傲立群芳，就像一枝开在书卷里的梅，幽幽的，暗香浮动，缥缈而华美，婉约而哀伤，你的一颦一笑，如此难忘。

采摘一朵沾满雨露的花，芳香的气息沾湿了我的指尖，我踏着细碎的脚步，跨越千年的时光，靠近了你，为你亲手戴在鬓角……

看"露浓花瘦，薄汗轻衣透"，是你天真烂漫、青涩可爱的一面；看"绣面芙蓉一笑开，斜飞宝鸭衬香腮"，是你俏丽活泼、万种风情的一面；看"知否，知否，应是绿肥红瘦"，是你情致惆怅、委婉动人的一面……你的才情、意蕴比须眉更胜一筹。是啊，名门闺秀的出身，学者型官宦的家学，注定你一出生就备受深厚文化渊源的熏染，眼界高阔，气质不凡。年轻的你拥有优裕的生活，惊艳的才气，情投意合、互为知音的夫君，你该是那个遥远时代青年的偶像吧！或许因才气，或许因不凡，你更似墙角的一枝梅，弥漫着袅袅清香，孤独地傲立枝头，尽情绽放你的美丽风采。

看"不如随分尊前醉，莫负东篱菊蕊黄，"是你无可奈何的怀乡之想；看"惜春春去，几点催花雨"，是你内心深处柔肠寸断的寂寥之愁；"帘卷西风，人比黄花瘦"的你摇一叶扁舟，将水波划开层层涟漪，载着满舟的惆怅忧伤向我驶来，漫漫长夜辗转反侧，令你难以平息心中的寂寞与孤单；"寻寻觅觅，冷冷清清，凄凄惨惨戚戚"，当你饱尝了金兵入侵，国土沦丧，丈夫病逝，半生收藏的金石文物丢失殆尽的苦痛，我不禁为你的命运暗自神伤，为你的才华扼腕叹息！你是一枝梅，一枝幻化的梅，从尘世里涉来，往书卷里逸去，即使悲凉愁苦，婉绝尘世，也要留下清丽雅洁的幽香。

看"生当作人杰，死亦为鬼雄"，是你内心不甘的壮志。即使眼前物是人非，香烛残酒摇摇欲坠，但尝尽了国破家亡、颠沛流离之苦的你，没有咀嚼苦难与不幸，顾影自怜，你满腹豪情，心怀悲愤地饮下一杯浊酒，提笔对"懦夫"们一味偏安、苟且偷生进行了有力的抨击，对中原沦陷敌手表达强烈的愤懑，拳拳的爱国情怀，面对苦难坚决抗争的勇气和独立处世的坚强个性，宛若一枝傲立墙角的红梅，凛冽的寒风吹过，你抬起高傲的头，"凌寒独自开"！

易安居士，你是我最欣赏的一枝"梅"，一枝遥远的梅，开在宋代寒冷的风里，开一树繁华，存一世高贵。

湘江的回忆

胡久洲

　　雪落满城，似千百年沉积的哀伤，素裹着千古文人的眼泪，悄然滴落。

　　遥望那延伸向远方的雪迹，遥看卷起又落下的历史风尘，无法不想起他的生命背景。"岸风翻夕浪，舟雪洒寒灯。"湘江河畔，孤舟雪影，湘江给了他最后的记忆。

　　而在历史的码头，又有多少人知道，那是一个怎样的世界。辽远的江水，寒雪堆满船头。昏暗的流水，摇曳的身影，是那么单薄，"湘江流水，人归何处？"饥寒窘迫、浮家泛宅的生活。多少岁月，他只能看云外山河，愁绪满怀；多少个月夜，他又只能对月独酌，老泪纵横。他无奈，但又能怎样？只能独守"亲朋无一字，老病有孤舟"的寂寞，只能怀着"戎马关山北，凭轩涕泗流"的国殇，度日如年。

　　破晓初明，骏马和长鞭和挥影，常留着青春傲骨的痕迹。

　　想当年，他是那么豪放，"致君尧舜上，再使风俗淳"这自信的强音，响彻盛唐的天空。裘马清狂的生活，他挥鞭而去，仰天大笑于泰山之上，"会当凌绝顶，一览众山小。"年轻的他，述写着浪漫与豪放的诗歌。

　　人生仍在漫步，盛夏的日光却灼伤了他寻梦的翅膀。

　　梦到中年，当他怀揣着满腔的壮志，追寻到长安的时候，谁知，一个"野无遗贤"的骗局，让他梦碎长安。他开始穿梭于上下阶层之间，逐渐看清了这个世态的炎凉。"车辚辚，马萧萧。"他倾听着百姓的哭声，写出了那个世界的冷漠。"朱门酒肉臭，路有冻死骨。"他痛哭失声，只有无奈地书写着他的悲怀。

　　风尘起，长安乱世，冷月无声。他眺望着破碎的山河，怅然涕零。"感时花溅泪，恨别鸟惊心。"带着对国的兴叹，带着对家的思念，他，一个载着身世家国重任的文人，正容颜苍老，朝北消瘦着。

恍惚之间，时光的棱角已割伤了他的眼眸。岁月的屏隔，挡住了他梦想的去路，他似乎还在筹划着将来，人却已终年。"安得广厦千万间，大庇天下寒士俱欢颜。"破败的浣花溪草堂，只剩下他苍白无力的呼喊。"留滞才难尽，艰危气益增。"岳阳楼下，只剩下他那无尽的惆怅。

黄昏尽头，残血色浸满了江水。那风起的波痕，向四方流散着它的哀伤。

梦醒了，又是一叶孤舟，他泪洒湘江。风依旧吹动着水，而他，却永远睡在了湘江上。带着一生的遗憾，一腔爱国情怀，一世的寂寞，漂去。

梦断湘江，远去的灵魂，不灭的诗魂！这条湘江，源源流淌着一段沉郁悲壮的诗歌和一段不朽的回忆。

烟 花 冷

王雪妍

一

多年以后，我仍然能够依稀记得，你我初遇时的场景。那天正是元宵佳期。京城人声鼎沸，花市亮如白昼，你拉着我，去巷尾看灯会。我们一起猜谜，放孔明灯，你看着街上来往行人均戴着面具，也同我一齐去买。

后来逛累了，我们便坐在屋顶赏柳梢头的明月。你安静地坐在我身旁，看着街市，突然说了一句话：

浮生面具三千个，谁人共我长歌。

我转头看你。你蚕眉微蹙，双拳深握，眼底的涟漪映衬着无奈而忧伤的面容。

我自然是不敢问你什么的，我虽是低品官员家的小姐，但始终敌不过你袖口繁贵缜细的金线。我知道，所以更加清楚自己的立场。况且，你我并不相识，有的仅仅是结伴看灯的邂逅。

后来的回应已不记得，只想起不久后在月旁爆开的烟花，如火如荼，你在我身旁，英俊若刀削般的侧脸即刻染上忽明忽灭的光。

你看烟花，我却看着你。心底有什么卑微的欲念，已慢慢生了根。

二

我最喜欢你在我弹琴时吹洞箫合鸣的模样。那璟璟之玉恰与你清雅脱俗的气质相映生辉。我看到痴傻，偶尔拨错琴弦，你也毫不在意，总是微笑着重来一次。梨涡浅荡，令我魂牵梦萦。

有时你也只看我弹琴。手执醴酒，轻声指点。有时心情颇佳也同我讲有关的故事。伯牙与子期的高山流水，韩娥的余音绕梁三日不绝，或是司马相如的凤求凰，化蝶的梁祝。我听得津津有味，回味无穷。

某次我竟在你面前大胆地演奏了《越人歌》。其大胆之处并不是别的什么，而是它表达了我的心境——山有木兮木有枝，心悦君兮君不知。我知道你听出来了，你一定听出来了，不然当时怎会低首不语，陷入深深的沉思。

那日的天本是晴朗无云，但不久便下起倾盆大雨，豆大的雨点，密密地砸落。你未曾告辞，便急急离去，大雨将你淋了个通透彻底，你也没有接过我手中递出的油伞。

之后便很久没有再来过。我常常坐在院中等待，起初不成形的欲念也渐渐变为倾心与牵挂。但我清楚你是王孙贵胄，自己又怎能妄自高攀。

那依旧卑微而隐忍的情意，覆在心上，像一片连呼吸都疼痛的旧伤疤。

三

再见你似乎已是数月后的事，

那日你着急地寻找，披坚执锐，目光殷切。我问你为何至此，你只是执起我的手，将玉箫放下，道：你等我，你等我消灭敌军，我定然回来娶你。语气笃定而坚决，像在许诺重要的誓言。

我信了，并且毫无犹疑。我见你指挥六军浩荡出发，尘土飞扬，狂风吹散了迷蒙的前方。

那是我的前方。君子于役，不知其期。我只有等下去，也许是几个月，甚至是数十载。我只能等下去。

你可知，纵使是今，那深藏在心底的思念，亦是毫无偏颇，我并不介意你是否功成名就凯旋，只要你回来，再回到我身边，我便再无奢求。那一句誓言像一株救命稻草悬在心底，支撑着我摇摇欲坠的希冀。

一日复一日，春去春又来。我时常眺望远处群山旁高耸的浮屠塔。原本静穆的古色也愈见腐蚀成光怪陆离的斑驳。四下阒然，极远之处似有两个人在琴箫共鸣，还有女子低低的讴吟。

　　我只能天天暗自祈祷你战若貔貅，尽早归来，即使备受诮呵，我亦是甘之如饴。

四

　　这年又是元宵，月与灯依旧，我孑然在嘈杂的人群中穿梭。忽而有少年在身旁笑闹着跑过，神情竟与当年的你十分相似。我不由得停下脚步，掀起无限思量。

　　要知道，有些事你也怪不得我。我放弃坚守，只不过再也看不清那渺无涯际的等待，而如堕云中雾里。多年后，我终是嫁为人妇，不愿一世蹉跎。

　　辗转半生，花开至荼靡又匆匆凋谢。一盏残灯，照不亮心底黯然的倒影。城门外还盘踞着起初蓊郁而如今苍朽的树根。它垂垂老矣，之上一圈又一圈的年轮似是记录了我一年又一年无望的等待。

　　烟花四起。我抬首仰望，恍若隔世。心下倏而悲恸万分，终是在大街上旁若无人地失声痛哭。

　　难舍也罢，不甘也罢。我如今的锥心泣血，也不过是因为深深的眷恋。

　　烟花在空中渐渐冷却为缥缈的虚烟，而我也应该明白，那所谓的木已成舟。

五

　　深秋的时候，我去了趟常被眺望的浮屠塔。它已处处断壁残垣，颓败的青石板上，落满了泥泞的梨花与秋叶。我心下怅然，又因突遇绵雨，只得去了浮屠塔旁的伽蓝寺。

　　寺中青灯古盏，木鱼声脆。我寻到一年事已高的僧侣，问道：大师，我与人睽离多年，为何始终放之不下。

　　大师问道：敢问施主，此人现身在何处。

　　……马革裹尸，长眠于大漠烟土。

　　大师长叹一声，语境缥缈：生死相离，轮回不歇，施主又何必兀自惆怅，枯等多年……有时人世间刹那的缘分，便已至永恒之时。

　　我突然明白了什么。

　　转头向外望去，窗幔拂起，镂刻的木窗外山色空濛，雨声连绵不绝，像谁终于归来的马蹄声。我握了握手中那依旧温润的玉箫，眼前闪现的，是一场踏不碎的，盛世烟花。

芒果也要说再见

128

徘徊，旧亭台

郑　田

又是一个充盈着丰富泪水的夏季。

狂风卷着骤雨的味道阵阵，每一滴雨都像是一颗碎了的心，催人悲伤。苍白的微光磨着水泥地面的光泽，积水渐渐成了天空的泪海。风又飘飘，雨又潇潇，依稀是多少楼台默默烟雨中。

我打着那摇摇欲坠的伞，骑着单车缓缓穿行在江畔的漫漫长歌里。

畅快淋漓，饮了这醉人的雨。于是我摇摇晃晃地捡起那些不能拼凑的碎片。恍惚中听见记忆在我耳边不停地念着那个词语，童年。

路还是原来的斑驳，树也依然是原来的枝，只不过因这寂寥的雨，多了些雨疏风骤后的绿肥红瘦罢了。暗雨如泪，竟晕出我许久不见的那抹懵懂，还有那些云淡风轻的静静时光。

情不自禁地想起姜夔的"君若到时秋已半，西风门巷柳萧萧"这首诗来。虽不是秋天的悲凉，可看那校门前的树，却被凌厉的夏雨溅出了几缕沧桑。

昔我往矣，杨柳依依。今我来思，雨雪霏霏……

几滴雨倔强地钻入我的衣领，带给我来自夏天那些热烈的冰冷讯息，似乎是来自童年，来自时光的尽头，那些，那段，薄荷糖般的回忆。

你还记得校园操场上的那几棵香樟树吗？

——可是那些曾经的树啊，只剩下铺天盖地的忧郁。

你知道吗，回忆可以瞬间把生命擦得透亮，可以清晰地在回忆中看见童年的形状。那些镜头戏谑般放慢步调，躲到一帘灰布后面，静待我的表情。不知是我看它们，还是它们看我。

如果真的有那么一天，时光给我造了一间暗房，那些回忆在显影水里一点一点浮现，全部的欢闹的声音，所有的嬉笑的影像，串成一部静态的无声电影，一帧帧回放，那时候，又会是怎样一番景象呢？

尘埃落定，天光云影。因了那些永不停止的回忆，永不消散的画面，过去鲜活而真实地跳接如今。于是有了带着皱纹的稚嫩笑容，还有一颗欲睡的心被吵醒。仿佛又回到小时候，小时候蓝的天，白的云，流的水，开的花，还有嬉闹的伙伴们在静静地享受着命运带给自己的友谊的恩赐。

可是为什么生命的钢琴曲，总是跟不上命运的演奏者。

那墙上的迎春花藤中，嫩黄的荼蘼绚烂早已不再；

那草地上的洁白野花，到底被赫尔墨斯带到何处；

那些旧时光、老片段，都泯灭在时光的哪里了呢？

"一曲新词酒一杯，去年天气旧亭台。夕阳西下几时回？无可奈何花落去，似曾相识燕归来。小园香径独徘徊。"晏殊如是说。

望着迎面走来的小学生脸上天真的笑靥，真的是"似曾相识燕归来"呢。

那些我们曾经有过的无邪，曾经有过的纯真，不都被流年的素手轻拂，传给了下一个带着童稚而来的微笑吗？

我们在成长，从来不需要人知道。

那些路，细细碎碎地绵延成一世的感动。

尽管是"无可奈何花落去"、"小园香径独徘徊"，可是，最终，我们还是拥有着最完美的幸福结局啊。

旧时人，已有新模样。

这是一个雨洗后的周末，院墙边淡雅的青绿被染得更浓郁，像是……青春的颜色。

那些城堡里的少年们，那些花园里的少女们，已经长大了。

那些呆呆出日、那些云蒸霞蔚、那些乾坤沉浮，被岁月的涟漪随意点染。

——迤逦成了细碎的幸福。

花之节义

仇　宇

清丽绝伦的鲜花挂着露滴是那样细弱纤巧，然而每次看到它们，总有一股节义的芬芳感动我的心。

莲　花

莲的颜色是一种真真切切的水红色，不是牡丹的红，不是朱砂的红，那是属于莲自己的色彩。

莲与水喁喁私语，荡起脉脉的水波。清澈如水的莲，素面朝天，从不雕饰自己，莲有自己的气度。

可最美的莲心是苦的，因为她有自己的见识与追求，便有了苦闷。"出淤泥而不染，濯清涟而不妖"，莲远离一切狎昵，只追寻自己的圣洁。莲不愿默默接受程朱理学下女子程式化的悲剧命运，所以她是脱俗的。

杜十娘怒沉百宝箱，也怒沉了一段虚伪的爱情。她虽出身于烟花，却如莲一般骨子里是清澈的，为了爱情她愿意舍弃奢华与李甲远走他乡，可惜李甲却没有勇气放弃荣华富贵。她终归成了清高而寂寞的一缕香魂。

几瓣多情水色，一捧清绝傲骨，这就是杜十娘般的莲花的节义。

梅　花

蕊寒香冷，莹莹白雪，梅花兀自绽放着。

剔透纯净，仙风道骨，风姿翩翩，片片光彩般的花枝横斜疏狂。天下的至香至色只与清寒伴随，梅花开在铁一般傲雪寒枝上，不与百花争艳。梅花是世俗的反叛者。

清冷之处，寒波摇动，没纤毫俗态的梅花冷香暗浮，但梅花的心是炽热的。月冷霜拥之时，其他花还做着逗蜂引蝶的迷梦，而梅花正以澎湃的热情传递春天的消息，这是冬里最初的暖意，卓尔不群，凌寒独开。

南宋初，杭州楼台轩榭，歌舞未休。李清照自失去了赵明诚后红颜渐逝。这奇绝的才女在腐朽的靡靡之音中吟出响彻千古的名句："生当作人杰，死亦为鬼雄。至今思项羽，不肯过江东！"她反叛了世俗，痛斥了黑暗，宁可与苦寒相伴，开成词苑里一枝铮铮的梅花。

纷纷白雪是为她的葬礼，盈盈暗香却是永久的挽歌。不同于世俗，高洁出尘，心系大事，这就是如李清照般的梅花的节义。

葵 花

灿若阳光的葵花热烈而蓬勃地开着，色彩之浓烈，让人看到它就想起火，想起温暖。

葵花永远追寻着阳光，硕大的花盘如金色的日轮落到地面上。她的叶子如剑、如戟，花盘高昂着，脊梁挺拔。阳光给人以温暖、力量和希望，它是葵花一生的信仰。

每当风拂过葵花田，叶子细碎哗哗的声响，像金属的声音。狂风骤雨，别的花皆泣下残红，而葵花执着地挺立着，扬着自己不屈服的头颅。她追寻着阳光，积淀着希望，准备着西风里的奉献，葵花不怕牺牲。

鉴湖女侠秋瑾在黑暗的晚清就是一株葵花，作为阳光的信徒，她把温暖与希望传递给他人。红颜也知天下事，秋瑾写下："无边家国事，并入双蛾翠。若遇早梅开，一枝应寄来！"她终生坚定追随信仰，为社会而生，为理想而活，虽死犹生，葵花田里，阳光之下，竖起一座染了女儿血的墓碑。没有泪水，没有哀号，只有乐观的声音浸透阳光的味道。

阳光有义，葵花有情。终生追随理想，不愿屈服，只为有朝一日实现信仰，哪怕成为殉道者也在所不惜，这就是秋瑾般的葵花的节义。

……

鲜花有节义，人岂无傲骨？我仿佛看见大片大片的花朵在风中散开，发散着节义的芬芳。

第六部分

芒果也要说再见

　　每个人心里，都有一条芒果街，都有或者快乐或者忧伤的童年时光。因为快乐不能重回而忧伤，因为忧伤不能重回而快乐。

　　但不管怎么说，它是美丽的，即使它并不像想象中的那样好。

——凌小芳《芒果也要说再见》

追寻那一抹清逸

宋　晓

　　对于现代散文作家，我一向是尊崇丰子恺的。他真率堪比王维，文字古拙可爱。他的散文不是多情的华章，全然是平易的描述，却不见丝毫的琐碎。

　　日本作家谷崎润一郎曾说："丰子恺，是现代中国最像艺术家的艺术家，这并不是因为他多才多艺，会弹钢琴，画漫画，写随笔的缘故。"这话于丰子恺是当之无愧的。

　　说起文字的澄净如水，明白如话，丰子恺绝不稍逊他人，但我偏爱的，是他生活的情趣。丰先生的笔记小品，优美精练，意趣和谐，清灵可人。他曾在《儿女》中记叙了一段趣闻，事情大抵是这样的：

　　炎夏，紫暮，槐荫。九岁的阿宝、七岁的软软、五岁的瞻瞻、三岁的阿韦，坐在地上吃西瓜，百感畅快时，孩子们争相表达自己难以抑制的欢喜。先是三岁的阿韦笑嘻嘻地摆摇身子，口中一并发出花猫偷食的"n g a m n g a m"的声音来。这音乐唤起了五岁瞻瞻的共鸣，和诗一首，"瞻瞻吃西瓜，宝姊姊吃西瓜，软软吃西瓜，阿韦吃西瓜"，这首诗又引发了七岁、九岁孩子的兴味，他们归纳小诗，报告其结果："四个人吃四块西瓜。"

　　由此观之，若是论"生活的艺术家"，丰子恺当仁不让。生活烦扰，困境丛生，丰先生却能够做有心的笔者，捕捉那一抹清逸。若非诚心爱儿女，真心待生活，是断不会写下这般平易亲切、趣味盎然的文字的，更何况是在那个风雨飘摇、国破人亡的年代。

　　散文不比其他，最能反映笔者的心境：做得到一个完整的人，才写得出一篇完美的散文。丰子恺信笔所至，直抒胸臆，从不把文字写得玄虚，去刻意掩饰内容的空泛。他用他的五寸不烂之笔，让我们真实地感受到一颗温雅心灵的震颤。他对儿女的一片挚爱之情是真诚的，他对阿咪、猫伯伯等小生灵的爱是真诚的，他的怒吼也是真诚的。

这位一心向佛的居士面对日寇的暴行高吼："世间竟有以侵略以杀人为业的暴徒，我很想剖出他们的心来看看，是虎的？还是狼的？"

我敬佩他吼出这话时的畅快淋漓，那是怎样混杂的年代啊。一个文人拖家带口，背井离乡，是多么困顿的境遇，而这份刚正的文化人格，也丰满了他的几抹柔情。

"小中能见大，弦外有余音"，是丰子恺所求的。他也身体力行，他的文章往往取材于平凡琐事，却很有一番意味。尤爱丰先生《车厢社会》中的不起眼的小诗：

> 人生好比乘车，有的早上早下，有的迟上迟下，
> 有的早上迟下，有的迟上早下。
> 上了车纷争座位，下了车各自回家。
> 在车厢中留心保管你的车票，下车时把车票原物还他。

读后顿觉其中嘻讽与辛酸滋味，对于畸形的近代社会生活，也唯有这种平中见奇的怪诗才最为熨帖，清爽地触痛了麻木。

生活远比我们想象中的更琐碎无奈。闲暇假日，抑或失意之时，捧一本《丰子恺散文》，细心品味，便可感到唇齿留香，沁人心脾。或许，我们从丰子恺散文中最应读出又最难读懂的，便是用艺术家的眼睛看待生活。那一抹清逸，需要我们用心去寻。

寻找丢失的花朵

何杨凡

我丢失了我的花。

我在这世间彳亍，大意失落了她，在我的梦中，在重重叠叠的街道间，我寻找她，无尽的转角，我看见夕阳下孤独的身影是一朵在暗色中盛放的向日葵，那时候我心中怀着无尽的悔恨、慌乱和绝望，在那个春日暗暗地渗出隐晦的红。

我走在日落后薄暮的路上，渐浓的夜色中，我一直不停地走着，有时走进无休止的回忆，有时走进不知何起何终的梦境。时光起起落落，宿命一点点剥离我的生命，面无表情，但是不容置疑，我的生命如此荒凉。

我躺下来，便可以闻见泥土的清香，它们埋葬了阳光和往事，当我闭上眼，什么都看不见了。

我在迷茫的梦中看见上帝，我想问问他时光的真相。他看着我轻轻地笑了，他说，不可说，时机未到，而我已精疲力竭。他还说，不管你现在说了什么，都终将被时光湮没，你所做的一切，都只是对时光的祭奠。

那只是一场时光的祭奠。

我丢失了我的花，我已经寻找了很久。我在夜晚的街头走过，在光影斑驳的路边蹲着一只黑色的猫，它的瞳孔是慵懒而淡漠的金黄，一阵风吹过，它的影子瘦成一朵面目全非的花。我想过去问问它，它是否曾看见我丢失的花朵，事实上当我走到它身边准备蹲下来的那一刻，我清醒地知道，没有什么丢失的花朵。我来到这里，只是想要蹲下来和它聊天。

我走在空旷的田野上，那些蓬勃生长的野草在我的脚下柔软地弯曲，因为仓促，它们没来得及寻找到一个更为优美的弯曲方式，但是生命从来都是如此的突如其来，它们已经习惯了，所以它们无比坚韧。

在现实的空气中，我似乎总是惶惶然不知所归，只有在我怀念着年少时光的时候，我的心才是愉悦的。

少年的时候，我曾在梦中看见大段大段优美的文字。它们在我的梦中滑落。我醒来后一无所获，依旧两手空空，不得要领。很多年来，我的生活一直处于这样的局面，是时光带走了我的花，让我一个人独自荒凉欢喜。

我丢失了我的花朵，年少时光在混合着青草香味的土壤中远去，在那颗远去的心中，间或还梦到流浪的人们、街头的猫、拖动椅子看日落的小王子，以及在暗色中盛放的向日葵……只是一切已遥远，没有再次来到面前的预感。

这一切无人知晓，只在我的心中起着波澜，也许直到我对青春充满渴望的那一天，我才会对流逝的时光释怀。

毕业前的时候，我在学校里最高的一栋楼的顶层读书。晚自习后我坐在六楼的窗台上看着脚下深深浅浅的夜色。我知道在那里，有许多的向日葵在蓬勃生长。我的心中波澜不惊，明灭闪烁的灯光，如和谐的音乐在流淌，我似乎看到微茫的希望……

因为美好和希望总会存在，正如花朵从泥土的芬芳中傲然绽放，我站在这人群的高处，静静地观望，然后兀自微笑，没有人知道我在笑，但这又有什么关系呢。

女 人 花

——《城南旧事》读后感

姜 梦

　　女人花摇曳在红尘中，风吹雨淋，飘散零落，碾作混沌人世的一粒轻尘。从此，开始了飘摇的岁月。

——题记

　　繁华虚浮的北平城，条条纹纹的青石街道，车夫奔跑的黝黑身影，还有此起彼伏的浮华乐音，行人衣着素艳鲜明。

138

　　而有些身影，即使在混杂的人海之中，也给灰布涂上一抹光彩。《城南旧事》里的兰姨娘就属于这类人。

　　在她身上，你可以找到属于女性的娇媚、温柔与美艳。如此性格，可想而知她的生活及职业。也许，像她这样出自风尘的女子，本该趁着年华未消，为自己的下半生多做打算。

　　幸福，对于普通女人来说，是内心的无限期盼与憧憬，而对于她，却变成了奢求。找一个可以托付终身的臂膀，黯然而平淡地过日子，那只是可笑的白日梦。然而，她却从"家"里逃出来，因为与英子父母的一些交情，暂居她家。她与德先叔，先前是针锋相对的冤家，也许，相互的数落可以让彼此内心隐约的冲动淡化，英子的几句"机灵话"使这对"冤家"走到一起。当他们一起携手离开英子家去追求自己的生活，我也衷心祝愿他们能相守白头。

　　但是，兰姨娘的出身和德先叔——受过高等教育的人相比，永远有一段无法跨越的鸿沟。

兰姨娘的幸福是个未知数，但秀贞的不幸却使我看得明白。因为失去心爱的男人与孩子，她的眼神总是透露出一种迷惘的忧郁，致使大家将她当疯子看。英子的出现，揭开了这层神秘的面纱：原来秀贞与一个男人相爱，后来，她发现自己怀孕了。她坚信，那男人会回来娶她。但封建的礼教，却似一把锋利无比的匕首，深深刺痛了她，孩子叫人抱走，阴差阳错与孩子的再次相遇，则意味着幸福与痛苦永远结束。

我不愿相信这种残忍，我感觉得出，作者也不愿直接揭露这种无可奈何。但是阅读着这本书，泪水还是一次次打湿书页。

不光是兰姨娘、秀贞，包括宋妈、英子的母亲，那时的女子，哪个人的生活真正幸福了呢？在灰暗的尘世，她们又该何去何从呢？是屈服，是飘摇，还是凋谢？

在那个旷大的红尘迷网中，女人花摇曳，飘零……

长烟落日孤城闭

谢雨庭

我看过的古龙小说并不多，但印象最为深刻的人，不是江小鱼、花无缺，不是陆小凤、李寻欢，却是叶孤城。

白云城主，叶孤城。

每一个演绎者都有一个不同的叶孤城，黑袍白衣，束发散发，冷峻阴柔，凌厉贵气。

但所有的叶孤城，唯一的相同点是——寂寞，苍茫如山的寂寞。

大概只有古龙的笔下才会有这样寂寞的剑客吧，金老笔下，就算如独孤求败，生前也有神雕，死后亦有杨过，终究不算是寂寞。

似乎，只有叶孤城，刻骨的寂寞。

一剑西来，天外飞仙。

白云城主，叶孤城，在古龙的笔下，有着近乎谪仙的背影。

"他的眼睛并不是漆黑的，但却亮得可怕，就像是两颗寒星。他漆黑的头发上，戴着顶檀香木座的珠冠，身上的衣服也洁白如雪。他走得很慢，走上来的时候，就像是君王走入了他的宫廷，又像是天上的飞仙，降临人间。"

只是，高处不胜寒，仙从来是寂寞的。

叶孤城是一个吸引我，却从未被我理解的人物。我总认为他是一个孤傲而自由的剑客，我总认为真正的叶孤城，只是那个在月下的海上白云间，缥缈绝世的飞仙。

但是，事实总是事实。

当天子问："卿本佳人，奈何从贼？"

叶孤城答："成就是王，败就是贼。"

我无法明白，寂寞得如叶孤城，就算坐拥天下，面北登极，又有什么改变，他的生命还是冷得如同他握在手中的剑。

写到这里，我其实一直都在避免提起西门吹雪和陆小凤，因为那两个男人的光芒经常会喧宾夺主，让人失去焦点，但是，我始终无法否认他们是叶孤城生命中最浓墨重彩的一笔。

我无法回答紫禁之巅的那一战，叶孤城是否真的使出那天外飞仙的一剑，更直白地说，他或许只为求死在西门的剑下，给予自己应有的死于绝世之剑的哀荣。

或许，当西门吹雪的剑刺进他的咽喉，当他如流星滑落于紫禁最凛冽的月夜时，他只是想对他的对手说：

谢谢你。

我始终认为，叶孤城是嫉妒过西门的。

没有一个人生来就是孤独的，叶孤城为了剑，放逐自己隔绝人世的一切温暖，他不是不寂寞，只是他能忍受。

他在见到西门以前，或许只认为西门是高手，一个为剑而寂寞的高手。因为一个和他一样的高手，应该和他一样地寂寞。

可是，他见过西门之后，他知道自己错得离谱，他嫉妒了。

任西门是怎样的冷漠，他终然不是寂寞的，他有朋友，有像陆小凤这样的朋友。

刺向陆小凤的那一剑，绝不是真正的天外飞仙，只是因为叶孤城，并不想杀陆小凤。

他甚至是想要拍着陆小凤的肩膀说：

"有个你这样的朋友，我的生命必定会热闹起来！"

这样的话在叶孤城心里即使说了一万遍，而现实中他也只能凝视着陆小凤，缓缓道：

"像你这样的对手，世上并不多，死了一个，就少了一个！"

但我知道，陆小凤在某个瞬间，定然看到了叶孤城的寂寞，不然他不会对叶孤城说：

"你现在已经有了我这个朋友。"

叶孤城眼里终于有了微弱的笑意。他几乎想忘形地大醉一场。因为终其一生，叶孤城也从来没有和朋友忘形地醉过，若他曾经醉过，定然因为寂寞。

广交天下的陆小凤，跟多少人说过这样一句话，可能他自己没有记过，但是，他永不会知晓，这样一句话对于叶孤城的意义，因为陆小凤是唯一对他说过这句话的人。

可悲的是，古龙似乎并没有想到，这个被他赋予寂寞的剑客，会如此在乎自己的寂寞。

所以，叶孤城终于还是拍着陆小凤的肩，说："我去了。"

"不管怎么样你总是我的朋友。"

这是对来生的一种期盼吗？叶孤城已不打算再想，他已走到了西门吹雪的对面。

西门吹雪是另一种朋友，无疑也是最可贵的一种朋友。所以，纵然那势在必行的一战，其实是一场无谓的赌局，叶孤城依然为了西门而拔剑。

那绝世的一战，全部意义只是叶孤城对于西门吹雪的尊重，以及西门吹雪对于叶孤城的成全。

独孤求败，是因为自己已经高到无法再高的地步了，没有对手，剩下的只是孤独。

一切都是他自己早已选择好了的结果，从他决定离开江湖之远而奔赴庙堂之高的那一刻起就已注定。这是所有枭雄都无法逃避的共同宿命，哪怕是白云城主也不能例外。

但叶孤城真的能算得上枭雄吗？叶孤城不是曹孟德，不是秦始皇，他们为达到目的可以不择手段。然而冷漠决绝如叶孤城内心却有所依托、有所敬畏，那便是剑。

御书房内，面对手无寸铁的少年天子，他说了这样一句话：

"我本不杀手无寸铁之人，今日却要破例一次。"

纵然谋权于天下，他终究没有使出必杀的"天外飞仙"，因此他的剑被破窗而入的陆小凤所解。他没有使，不是大意，而是内心深处对剑的执着。

他知道，有资格接这一招的不是当今天子，而是西门吹雪。

骨子里，叶孤城还是一个剑客，不是一个政客，他依然有着剑客的骄傲和底线，只是他是一个疯魔的剑客。

剑客叶孤城不明白，最孤独的人不是自己，不是西门，而是面前这个安静微笑的少年天子，如果叶孤城能看到，这个沉静的少年，在未来的几十年中，为了所谓的盛世，牺牲掉了多少爱恨情愁，牺牲掉了他原本怎样灵慧的生命时，他必然释怀，纵然寂寞如他，也只是剑客的寂寞，而天子的寂寞，却是众神的寂寞，已超越了人的承受。

月下的紫禁，西门吹雪和叶孤城这样说过：

"唯有诚心正义，才能到达剑术的巅峰，不诚的人，根本不足论剑。"

叶孤城却答道："你既学剑，就该知道学剑的人只在诚于剑，并不必诚于人。"

西门吹雪不懂他的话，世上众人，究竟谁懂？

叶孤城不禁回头看看深宫，人已为手中的剑而失去自我，何谈诚于人。或许只有那手握帝王之剑的少年，是懂得的。

最终，叶孤城败了。败得依旧寂寞。

肃杀的紫禁之上，亘古皓月。

曾有一个白衣黑发的剑客，立于紫禁之巅，光华流转中剑影闪过——

一剑西来，天外飞仙。

而我最后看到的却是：

他临风拔剑，又最终绚烂滑落，投下重重阴影，使得月夜无声的皇城，有着如同他的名字一样盛大的寂寞。

千嶂里，长烟落日孤城闭。

芒果也要说再见

——读《芒果街上的小屋》有感

凌小芳

今天一大早的就醒来了，看着外面风呼呼地刮着，窗外的天很暗，心情也是。

随手拿起一本书，竟然轻得像发出的叹息。它那样薄软纤小的身形，翻开来落落花絮似的文字，还有浅黄色的扉页上那两个长头发女孩子的剪影，一切可爱如同书名——《芒果街上的小屋》。

看这本书没有花去我很长的时间，尽管作者在小女孩的成长上写了很多年，但都短而简洁。即使是这样，小女孩的故事仍然让我喜欢。在她的故事里，有一种时光的印记在当中穿插出淡淡的水印，像是在夏日午后吹起的微凉的风，翻看着日记本中那些稚嫩的笔迹。

144

这样一本细致的小日记，翻动它的时候仿佛能看见漆黑长发下埃斯佩朗莎明亮的大眼睛，像小野猫一样，带着清澈的倔强和牛奶一般稚嫩的气息。她告诉我她今天的小收获、小烦恼、小心事，她告诉我她多么想要一所属于她自己的大房子，告诉我很多很多似曾相识的故事。

她的这些事，也让我想起了一些事情，一些关于我的事。

我上幼儿园的时候，总是很早就放学。那时住在爷爷奶奶家，每天回到家总是很乖地到写字台边写作业，尽管如此，却不能很早地把作业完成。

写字台就在窗户的正下方，窗子外面是泡桐树茂盛的叶子，叶片很大也很勤奋，它们从地上爬上来，我刚读幼儿园的时候它们只能看到二楼的窗户里面，当我从幼儿园毕业的时候，它们已经能看见四楼的房间了。我曾经梦到过那棵树，梦中的我是个武林高手，从窗户跳到树枝上，在繁茂的枝丫上与敌人搏斗。

　　阳光总是照在泡桐树上，再从叶片的缝隙中钻到我的写字台上。我喜欢拿一面小镜子，这样就能在墙壁上投下很亮的光斑，上下晃动，照亮房间里每一个晦暗的小角落。不过，这样的小把戏只能在夏天阳光猛烈的时候玩。所以更多的时候，我喜欢用手撑着头，从纱窗看出去，观察远处的楼房，有时也会看着那些白云，希望它们能变成棉花糖，等到下雨的时候落下来，我就能吃个饱了。有时也会望着蓝色的天空发呆，那时候真的只是发呆，什么都没有想。每当这个时候，我总是能听到空气中弥漫着很轻很轻的音乐声，我使劲想听出是什么歌或是从哪里传过来的，但是当我仔细听的时候，声音却越来越小，甚至会消失不见，只有当我漫无目的发呆的时候，音乐声才会再次将我淹没。

　　是的，看这本书的时候，我想起的，是我自己的童年，尽管眼前的文字写的是埃斯佩朗莎的童年，是关于芒果街上的小屋——但事实上，每个人心里，都有一条芒果街，都有或者快乐或者忧伤的童年时光。因为快乐不能重回而忧伤，因为忧伤不能重回而快乐。

　　但不管怎么说，它是美丽的，即使它并不像想象中的那样好。

　　"你永远不能拥有太多的天空。你可以在天空中睡去；醒来又沉醉。在你忧伤的时候，天空会给你安慰。可是忧伤太多，天空不够。蝴蝶也不够，花儿也不够。大多数美的东西都不够。于是，我们取我们所能取，好好地享用。"

　　芒果也要说再见。无论从前多美好，它已经远去，无论现在多困难，它都会过去，无论未来多遥远，它终会到来。我们现在需要做的，只是好好地把握现在。

　　台风还在继续，我心上的阴霾却已经开始慢慢散去，因为我相信，明天会有好天气。

让我走近你

金 炯

我始终无法忘怀的，是你曾陪我走过的雨季。

——题记

你，有着令人切肤疼痛而感动的文字，常常会让我一旦联想到你的生平便情不自禁地流下眼泪。

你，单纯地把文字当作在沙漠生活的一种寄托，却一发不可收拾，文字，成了一件和呼吸同样自然的事。

你，童年被视为"问题孩子"，后来，却成了大名鼎鼎的作家；曾自闭七年的你，日后，却变成"万水千山走遍"的旅行家；一生有众多的追求者，你却对荷西情有独钟；你并不富有，却乐善好施；你有着乐观的人生态度，却以自杀的方式结束自己的一生……

你是谁？你就是那个用毕生的梦想堆砌自由与爱的三毛，那个在我心中始终无法勾勒出形象的三毛。三毛，我敬爱你的文字，你的思想以及你的一切的一切。

是在一个阳光暗淡的午后，才十岁的我读到你的《撒哈拉沙漠》，便仿若进入一个迷宫一样。我已然忘记自己身在何方，像是跟随着你的脚步踏过千山万壑。合上书，久久不能平顺地呼吸。那时，还不知道"感动"究竟是怎样一回事，只记得当时拉着姐姐的手说："我好像也去了一回撒哈拉沙漠。"现在想来，我和你的缘分就是从那时候开始的吧。

我爱极了你笔下的文字，真实，感性，柔软。你没有张爱玲式的悲观，留恋"最后的贵族"生活，而是以满腔热情展现真实而平凡的普通生活；你也不像陈怡真那样善于表现游子的家国情怀，而是四海为家，朋友遍天下；你没有琼瑶那般浪漫，善于虚构缠绵悱恻、动人心弦的爱情故事；你也没有丁玲那样的理性，可以做到字字珠玑。可是你比她们都率真，那是发自真心的，这也大概是为什么我喜爱你那么多年的原因吧。

初一时，我愈发迷恋你的文字，像是得到救赎一般，一遍一遍地翻阅那些早已铭记在心的文字。那时，是太过伤感了吗？我不置可否，虽然我并不脆弱，但实在也不怎么坚强。

那时的自己就像一个跌倒在地的孩子，原本可以拍掉身上的尘土继续前行，可是，如果身边有人鼓励有人安慰，反倒会委屈地大哭。

多可怕多让人鄙弃的人性的弱点！

可是，我却依然深深依恋它。后来，我渐渐不再与你靠近，不再用你的文字作为我温暖的养料。可是偶尔，还是会跑回到你的怀抱中去哭泣，我知道，只有你永远愿意接纳我，也永远不会拒绝我。

正如你自己所说："我愿在这不如夕阳残生的阶段里，将自己再度化为一座小桥，跨越在浅浅的溪流上，但愿亲爱的你，接住我的真诚和拥抱。"

如今，你已不在，我也永远无法和你面对面地交流，可是，我想用我的虔诚和真心换作莲花踏步，慢慢地走近你……

147

网住最真的情谊

——读《夏洛的网》有感

黄志明

《夏洛的网》是一个纯朴的童话故事，它没有安徒生童话里的淡淡忧郁与无奈，也没有格林童话里的绚丽传奇，更没有《哈利·波特》里的神奇魔法。它有的只是一只先天不足的小猪和一只乏善可陈的蜘蛛，故事背景也不是美丽的大森林，而是在毫无诗意的农场猪圈。

即使是这样的简单与平凡，却触及了人们心灵中最柔软、最温情的地方，读着它，总有一种感动让我们泪流满面。这是一首关于生命、友情、爱与忠诚的赞歌！

小猪威尔伯将面临成为熏肉火腿的命运，看似渺小的蜘蛛夏洛竟然主动要去营救他。夏洛在网上织了些赞美小猪的话，扭转了他的命运。夏洛用蜘蛛丝编织了一张大网，这网不仅挽救了威尔伯的生命，更网住了最真的情谊，激起我们心中无尽的爱与温情。

在大家的印象里，猪又蠢又笨，又脏又懒，是各种肉制品的前身；蜘蛛，让人起鸡皮疙瘩的八脚爬虫，许多人都把他们当作害虫消灭掉。而书中的夏洛和威尔伯不再是角落里被鄙视被遗忘被损害的角色，他们从阴影里走出来，被赋予了人格，成为我们中间的一分子，和我们一道享受着阳光，感受着生活。世上的每头猪、每条虫子、每个人都不应该是多余和不幸的。幸福和不幸是在我们相互比较中存在的，最大的危险莫过于孤独。没有一个生命是毫无意义的，当我们觉得孤独的时候，我们是在浪费自己的生命，而友谊的出现抚慰了人心。

威尔伯和夏洛之间的友谊之所以能打动人心，是因为他们彼此之间没有任何目的，是纯粹的"患难见真情"，这是多么简单又多么不易啊。这种单纯至极的友谊倒是可以生死相许的，反衬出人类冠冕堂皇的情感是多么苍白无力。谁会不羡慕威尔伯和夏洛呢？他们之间那份简单的爱心可以分一点给人的话，那人们的生活一定会更加灿烂。分享，一个人的快乐就可以变成几个人的快乐，一个烦恼就剩下半个烦恼。人是应该互相友爱的，只有宽容和友爱才能让一切归于平静。有位哲人说："得不到友谊的人将是终生可怜的孤独者，没有友情的社会，只是一片繁华的沙漠。"利益，背叛，权力……现实生活中能让友情变色的东西太多太多了，真正的友情是永恒的也是透明的，而脆弱的友情，一句话一个动作就可以把它打破，真的很想让它加上一层"夏洛的网"，让它永远永远地存在……

小蜘蛛夏洛的话常常蕴含着伊索寓言般的哲理，我们常会抱怨欢乐的日子太少，不幸的日子又太多，但是如果我们经常心境开朗，享受命运每天为我们安排的幸福，哪怕遭遇不幸，也会有足够的力量去忍受。

《夏洛的网》让我感知社会并不是一片漆黑，有一丝光，在暗暗地照着，让我们透过泪水观察到了微笑。不要浪费生命，既然不能改变生命的长度，那就改变它的宽度。卑微的生命中也有微小却如金子般闪亮的光芒，人性的温情能变成继续前进的力量。我们每个人都是一个小小的、不起眼的蜘蛛夏洛，但能用微薄的力量凝结成一张神奇的网，网住那些最真的情谊！

小豆豆，谢谢你

——致黑柳彻子的一封信

李春晓

彻子阿姨：

提起笔写这封信，是我在读过两遍《窗边的小豆豆》后突然冒出的想法。我同意联合国官员的看法：再也没有人比您更了解我们孩子们了。

我毫不犹豫地买了这本书。当看到封面上那个梳着童花头的小女孩时，我不禁想起了我的童年。利索的短发，自信的笑脸。索性，我把自己变成了五六岁般大小，切身体验了一把巴学园生活。

当读到小豆豆在与宣传艺人打招呼时，我不禁想起了自己小时候。我们教室的后面是大操场，总有许多大哥哥、姐姐在上体育课。我靠窗，总喜欢用手托着下巴看着他们玩耍。老师屡次训斥我，可我总也改不了这个毛病。不过，我并没有被退学。但我想：如果那时候我也被退学了，接着被转到一所像巴学园那样的学校该有多好。

"山的味道，海的味道"的午饭一定很好吃吧。我们学校离家很近，因此午饭都是在家里吃的。即使在学校吃，也没有像小林校长一样的人陪我们度过愉快的午餐时间，自然就不会唱那首"好好嚼啊"的饭前歌。不过现在每次吃饭前我都会唱这首歌。妈妈说："巴学园是小学。你是初中的学生，难道还想上小学啊？"管它呢，我觉得，只要心中有巴学园，无论在什么地方，都会是巴学园吧。我闭上眼，轻轻地唱着："好好嚼啊，把吃的东西；嚼啊嚼啊嚼啊，把吃的东西……"

当然环绕在小豆豆身边的不仅仅有快乐，还夹杂着丝丝缕缕的悲伤。比如泰明，比如洛基。

对于泰明和洛基的死，我也很难过。每读到这里，总觉得自己就是小豆豆，自己最好的朋友突然去世是太大的打击，泪水也止不住地流。泰明也一定和我们一样悲伤，不愿意离开这个美好的世界；但相信他也一定是很满足的，因为有像小豆豆一样的好朋友。巴学园的结局是不尽如人意的，但它留给人的记忆却是最美好的。虽然我没有上过巴学园，也不可能再上巴学园，但总觉得自己得到了在巴学园学习的孩子应该学到的知识，耳边也总萦绕着小林校长的谆谆教诲："你真是一个好孩子！""你们大家都是一样的，无论做什么事情，大家都是一样的。"每当被自卑感充斥时，忽然想起这两句话，便觉顿悟，变得快乐起来。

这本书，我想我会继续读下去。我会感受到更多巴学园带给我的不同的体验，同样也谢谢小豆豆这名出色的向导，跟着你，巴学园是百看不厌的！

一个喜欢小豆豆的中国学生

151

第六部分　芒果也要说再见

夜深闻私语

——读张爱玲《私语》有感

翁宇涛

翻开第一页，就看到一张我最喜欢的张爱玲的照片，照片上的她清瘦，轻轻昂着头，以孤冷的目光睥睨世界。

第一次接触她是在父亲的小阁楼上发现的《半生缘》，小心翼翼地翻开封面，是1997年再版的，然后看见第一页她的照片。

我花了四个小时读完，又花了四天时间回味，又四星期后才读懂张爱玲用洗尽铅华、略带感伤的笔调所缓缓叙述的一段漫长而纠结的不了情。闭上眼，那些刻骨铭心的爱，那些摧肝裂胆的恨，那些撕心裂肺的伤痛，仍然清晰地放着，一格一格地狠狠地敲打在我的心窗上。

张爱玲的《私语》是几年前的时候初读的，现在再次翻开，她的文字依旧如初，字里行间"像缠枝莲花一样，东开一朵，西开一朵，令人目不暇接，往往在紧要的关头出一个绝妙的譬喻"！风格富丽堂皇，而且充满丰富的意象。读《私语》，我仿佛闻到了雾一般的阳光，在红木地板上一条一条地铺开，吹过来的风凉凉的，青黑色的凉。

她的童年并没有因为父母是名门之后而幸福美满。父母离婚，母亲流浪欧洲，剩下她与弟弟在父亲和后娘的监管中成长。

父亲的家永远是下午，走进去就被鸦片的雾气灰扑扑地笼罩，坐久了便觉得沉下去，沉下去。姨奶奶的骄横暴戾，后母的尖酸刻薄对她影响很大。后来读她其他的作品时，发现她笔下的女人都真实得可怕，实实在在的，自私，城府深，虚伪，没有人情味，物质远比情感重要。

母亲的家是温暖而亲切的红色，母亲是时髦的女性，出过国。可是母亲的经济情况也不好，她写道："母亲是为我牺牲的很多，而且一直在怀疑着我是否值得这些牺牲。"母女俩的矛盾在不易察觉中一天天地激化。最后她写道，"这时候，母亲的家不复是柔和的了。"

我读着她的文字，感受着她的童年，她的悲伤，她的眼泪，她的矛盾。她那种精妙绝伦、回味无穷的语言就像"一窗精巧细致的窗棂格纹，少了每一格都不成，只是放在眼里便透着美，但到底美在哪里却又一时道不明。"五体投地！

晚年的张爱玲孤独地居于美国，于1995年月圆人团圆的中秋节前夕悄然离世。她选择了静寂封闭的生活，因为热闹对于她来说早已是过眼烟云。

《私语》中有一幕，小小的爱玲没有见到大人们迎新年，就不停地哭。"我觉得一切的繁华热闹都已经成了过去，我没有份了。"读到时，心中有狠狠的痛，我不敢想象，小小的女孩为什么会有那样的想法。或许，还是她太寂寞。

张爱玲在照片上很少露出笑颜的。笑不适合她吗？

"只有张爱玲才可以同时承受灿烂夺目的喧闹与极度的孤寂。"她很寂寞。

她的父亲常常扬言说要用手枪打死她，甚至向她掷来大花瓶。"我稍微歪了歪，飞了一房的碎瓷。"她的保姆哭着问她，"你怎么会弄得这样呢？"在此前，她一直冷静地忍受着父亲的毒打，一声也不吭。被关在黑房子里的日子，屋子透着"静静的杀机"，月光是蓝色的，睡在凉凉的心里。

《私语》的最后，她幽幽地写道，"现在我寄住在旧梦里，在旧梦里做着新的梦。"

而在故事外面的我，深深地陷进了她所编撰的这个旧梦中，沉沉地睡去。

隔着空间和时间的玻璃墙望回去，是她辉煌的一生，越光辉的成就也越凄凉。我相信她闭眼前一定是微笑的，但是这一抹亮色依旧是悲哀的，势单力薄的。

但我还是喜欢她，喜欢她的小说，喜欢她的散文，喜欢她的故事。

也许就像她自己所说的："于千万人之中遇见你所要遇见的人，于千万之中，时间的无涯的荒野里，没有早一步，也没有晚一步，刚巧碰上了，那也没有别的话可以说，唯有轻轻地问一声："噢，你也在这里吗？"我想，我遇见了张爱玲，也是一种缘。

"夜深闻私语，月落如金盘。"现在所说的，都是推心置腹的真心话了。

一个人的怀念

李佳彤

怀念是岁月之河泛起的浪花。我的怀念，是一个人独处时的咀嚼，是颤动心灵的共鸣，是不能自拔的沉溺。

褐色的双鬓，澄澈的碧眸，干净的额发，淡淡的闪电形伤疤，你从蜷缩在碗柜里的小男孩蜕变为拿着魔杖直面邪恶的少年，你或正义、或顽皮、或悲伤的一面，时时刻刻牵动着我的视线。

J·K罗琳用天马行空的文字编织出你温和微笑的画面。你在一个对自己并不友好的家庭中寄人篱下，天性乐观的你，没有凄风苦雨的怨念，而是勇敢地接受生活中的种种挑战——姨妈的吹毛求疵，表弟的穷追猛打，姨父的恶语相向。即使被关进漆黑的碗柜，你也以清扫里面的蜘蛛为乐，快乐地过着每一天。在被你苦中作乐的心路历程逗乐的同时，我明白了用乐观去迎接生活中的不如意。

在那个奇幻的世界里，你是一个家喻户晓的孩子，细碎额发下的闪电形疤痕是你这个"大难不死男孩"的最佳证明。大人们会激动地与你握手，孩子们会用热切欣喜的眼神注视着你那道伤疤。然而，你却对这种热情的追逐深切地反感，名利、荣誉这些光环，你并不引以为荣。低调的生活方式将你的快乐演绎得纯粹实在、云淡风轻。于是，在与你的朝夕相处中，你的低调淡泊潜移默化地影响着我，"宁静致远"已成为我的人生法则。

待人友善、从不做作的你自然拥有一帮患难与共的挚友，但是，你那爱憎分明、疾恶如仇的个性却也树敌一片。你并没有被仇恨蒙蔽了双眼，彼得作为你逝去双亲的好友，因为自身的胆小与害怕，投靠了伏地魔，并且出卖了你的父亲，可是，你却给予彼得一次生存的机会；在最后一场昏天黑地的决战当中，你又在学校挽救了正手足无措的死对头德拉科的生命。没有人因你的一时手软而惋惜，大家都为你的仁慈而感到高兴。你毫不吝啬地奉献了

155

第六部分 芒果也要说再见

自己的宽容之心，让我再一次为你动容。

数年的时光，你陪着我，带给我无数的喜怒哀乐。我见证着你的成长，咀嚼着你的生活，记录你的文字被我翻来覆去地看散了架，对你的喜爱已深入骨髓，摄人心魄。然而，你的故事在打败了伏地魔之后便戛然落下了帷幕，从此，我的书架上，你的故事再也不会以一年一部的速度增加。

哈利·波特，你带我进入一个奇幻世界，教我良多，伴我成长，谢谢你！

时间仍在流淌，生命仍将继续，风也将继续吹，唯有怀念，永远将你留在记忆深处，如尘封的甘醇，任我一个人独处时细细咀嚼。

青春没有迟暮

蔡晓华

张爱玲的《迟暮》表达了对青春流逝的缅怀：人生不过数十载春秋，青春更是稍纵即逝，往往我们"才从青春之梦里醒过来的眼还带着些许蒙眬的睡意之时"，青春已经远离，徒留"黄卷青灯，美人迟暮"。

青春是那么馥郁地盛开，时光划下天堑，而后潦草经过，旦夕凋零。

青春又是一张白纸，任由我们泼洒最个性的颜色；青春也是一股骚动，撩拨我们蠢蠢欲动的心。

曾经相依而坐，在绿茵如毯的草地上，举目仰望夜空，漠然置之身旁掠过的灯红酒绿，执拗于星星会说话，石头会开花。穿过时间的栅栏，终有一天，我们会到达彼此的对岸，相拥而泣。

曾经在林荫小道，摘掉虚伪的面具，放肆地嬉闹，用最赤诚的心灵进行交谈，再回首，那条路已变成了心底里幸福的褶皱。

曾经奔赴海边，固执地将每一张写满愿望的纸张，叠成飞机，用尽全身的力气放飞，笃信飞机飞得越远，距离梦想就越近。

曾经在每一本纪念册上，龙飞凤舞地写下祝福，其实真正的朋友是不需要精美的纸页来证明友谊的，如果要忘记，就算纸页上的文字再华美，再信誓旦旦，在时间翻云覆雨的手掌中，我们仍然会遗忘。有些东西，永远端坐在高处，无法追溯。

……

《迟暮》中的女主人公面对变老的容颜发出了"这逼人太甚的春光"的诅咒，而我们正拥有金子般的青春。当我们把所有的"曾经"都放在一边的时候，当我们感叹白驹过隙的时候，回头审视，是否少壮不曾努力？为了无悔的青春，我们应当淋漓尽致地扇动羽翼，展翅腾飞。

时间会侵蚀，影像会发黄，那些趾高气扬的日子一去不回，但我们依然要带着无怨无悔的心情长大。

青春应该摒弃所有的黑暗，在自信的舞台上，旁若无人地舞蹈，在漫天的烟花中谢幕，不留任何遗憾地微笑。

璀璨的青春，我们勇往直前，青春没有迟暮。

这里的风光独好

朱少末

我最心仪的风光，在我的书房里。

一排排书籍，像一队队列队的士兵，期待着我的检阅。我的课本是我的贴身卫士，在我的书包里，形影不离；我的漫画书是轻歌曼舞的文艺兵，我总是斜躺在小沙发上欣赏它们的精彩表演；文学名著是冲锋陷阵的武士，我总是在情绪低沉的时候到它们那里寻找征战的勇气；童话书是飘飘而来的伞兵，我的遐思在它们的引领下飘向遥远天际。

最让我心醉的是夜晚灯下读书，最好是外面有迷人的雨声，这里的风光独好！

读诗歌如同行走在春风春雨中，在朦胧而缠绵的情思里，品味诗歌的优美意象，就如沐浴春雨后的清新。诗歌是这样委婉流畅，模糊而又立意清晰。

读散文好比是白雪皑皑，轻飞曼舞。雪的精魂是雨，就如散文的精魂是诗，但纵然是柔情四射，也不乏银装素裹的主题，正如散文，形散而神不散，在这些洋洋洒洒的文字里，总会感受到"文魂"的真谛，发掘到"文思"中的精髓。

读小说就像是下雷阵雨，一波未平而一波又起，使我烦乱郁闷的心随之紧张、疏松……华美的语句、风趣的对话又仿佛这闪电的装扮、雷声的修饰，总会使我感慨万分，思绪万千……

读戏剧似乎是骤雨突至，不似诗歌豪情万丈，也不似小说断断续续，戏剧中跌宕起伏的情节就如骤雨的来也匆匆去也匆匆，一会儿是艳阳高照，一会儿是暴雨交加，滴滴点点好似方块字，堆在一起就是醉人的风景。

读完书，最好写一点文章，那更是锦上添花的美事！

老师布置的作文，总使我心烦意乱，多数时候敷衍了事，因为实在没有什么好素材，烦闷之中，好像连绵细雨一周一周地下，粘湿湿的，一点儿头绪都没有。灵感如流星一闪，昙花一现，抓住这美好的时刻，思绪如潮水般涌来，这种情况就像连雨天突然晴了，阳光四射。

日记随笔不像写作文过程中的那般刺激，但也另有一番风情。它可以凭我独创的思路前行。记录成长过程中的喜怒哀乐，镌刻生命历程中的酸甜苦辣，这情形如淅淅沥沥的小雨中，独自撑一把伞，慢慢地任意而行，文思也许就在这雨中淅淅沥沥地流淌出来。

最富有诗情画意的事莫过于给朋友写信，丝丝真情片片心，凭靠着信纸，向远方传递，这恰恰是雨后的彩虹，那是架设在心灵中的桥。

每天晚上做功课，不免会有烦闷无趣之感，此时，写写小说可称得上是一件人间快事。瞧，手中的笔是我的麦克风，随时为我传递信息；写字台上的纸是我的舞台，而早已储存在我的脑海中的汉字就是我的听众，笔走龙蛇，汉字随时光临我的舞台前，听我拿麦克风演唱，真可谓是"怡然自乐"。

啊，书房里的风光独好！

别人有田园风情，青山隐隐，绿水悠悠；别人有都市美景，红尘盛事，繁华宝地。而我有书房一角，赏窗外风霜雨雪，品古今华章，这里的风光独好！

第七部分

笑遍全世界的草

　　在挫折中，我得到了历练；在雨季里，我学会了坚强。在那无尽的黑夜中，希望如一支烛火，照亮人生的道路。在努力血拼中，我闻到幽兰的芬芳，看到人生的未来……

　　不管前方的路有多远，不管生命中还有多少风和雨，我都会一路走来，一路歌。因为风雨中，成功之花绽放在生命的枝头，我欣然地触摸到生命的芬芳……

　　　　　　　　　　——周敏《风雨中，我触摸到生命的芬芳》

风雨中，我触摸到生命的芬芳

周　敏

暴风雨总会来临，那就让暴风雨来得更猛烈些吧！

——题记

只有在失败、挫折中成长才能历练自我、超越自我。因此，面对风雨，我总是从容淡定，坚信风雨过后，一切都会柳暗花明。因而每次狂风暴雨之后，我都会触摸成功之花，闻到属于自己的芬芳。

伤心桥下春波绿

那一晚的雨平和而清冷，城市上空的灯火渐次绽放然后混合在一起，竟成为一种有些血腥的颜色。我徘徊在雨中，那种刺骨的冰冷一直凉到脚底。风雨中，我失意得如一只流浪的狗，没有方向地乱窜……

一想起试卷上的叉叉圈圈，我的心就如针刺一般。此刻的风雨毫不留情地将我摧毁，把考试失利的伤痛推向了极点。迷乱中我踏上那沧桑而古老的老桥，这儿曾是我儿时的乐园，曾是我成长的起点。老桥以它那博大的心胸接纳我，用它那深沉的静思化解我的忧伤。就连那漾起春波的绿水，也似乎在启示着我要冷静思考，突出重围。

我的路在何方？成功的芬芳，让我醒悟。失意如水，坚强似桥，只要信念坚定，终会再度辉煌……

家园温馨心花绽

冷冷的雨把周围空气里的温度带走，把燥热的泥土变得冰凉，黑夜把荆棘、蒿草的轮廓涂抹成黑色，在这失去温度的寂静里，我小心翼翼地摸索着回家的路……

到站了，雨停了。可心还在滴血，成绩下滑的痛楚一直萦绕于心头。"回来了？"爸爸一边吧嗒吧嗒地抽烟一边问道。"嗯。"我低声地应答。"考试成绩怎么样？"他又问。"很差。"我吞吞吐吐地说道。他沉默了，眼睁睁地看着那烟烧到了尽头，不留痕迹地滚落下来。我想：我的命运也大概如此吧。可没想到父亲心平气和地说："没事，咱重来，你也有过属于自己的辉煌，我们把它找回来。"

是啊！面对挫折，我应更加坚强，努力地找回那属于自己的春天。

风雨浇开幽兰香

高山那边是大海，只要我们信念坚定，就会迈向人生的大海。然而在前行的路途中，我们会遭遇风雨、历经坎坷……只要我们不忘努力，不断拼搏，就会走出困境，实现梦想。

在挫折中，我得到了历练；在雨季里，我学会了坚强。在那无尽的黑夜中，希望如一支烛火，照亮人生的道路。在努力血拼中，我闻到幽兰的芬芳，看到人生的未来……

不管前方的路有多远，不管生命中还有多少风和雨，我都会一路走来，一路歌。因为风雨中，成功之花绽放在生命的枝头，我欣然地触摸到生命的芬芳……

也可以清心

汪仁慧

> 曾在一只古朴的茶碗四周看到这五个字，不禁怦然心动。不
> 仅仅是因为它不论从哪个字开始读都能组成一个短小的文言句子
> 的神奇，更是因为它带给我的那份清爽的享受，让我娓娓读来，
> 唇齿留香。
>
> ——题记

蜂蜜 · 清醇

那是一种闪着莹润光泽的醇厚液体，金黄金黄的，仿佛是那勤采花蜜
的蜜蜂从太阳那儿撷取了点滴灿烂的光华。童年时候，放学铃声一响，背着
书包蹦跳着告别了老师的我们，便拥入了村落温暖的怀抱，在家的昏黄灯火
下，贪婪地吮吸着融有太阳的香甜味道的蜂蜜，杯口升腾着清醇的甜香，画
出缕缕童年的金色印迹。

淡茶 · 清雅

一直在脑海中这样想象：一位文人雅士，一间布置简单的茶楼，几柄泼
墨山水装饰的纸扇，窗外青松翠竹相互掩映，室内幽兰飘香，身着白衣的学
子在屋里高谈阔论，当然，也少不了那极其淡雅却有点睛之妙的清茶。闲暇
时候，我会兀自泡上一杯清茶，看着蕴藏大自然生机的绿色在清碧的茶水中

升腾，翻滚，最后下落，思绪也随之荡漾开去。每次恍过神来，茶已凉透，手中的水壶倾斜，幽幽茶水已漫溢了满桌满身，于是乎手忙脚乱地收拾残局。虽然没有品尝到茶的清爽，但它为我创设的那种清雅情趣，已足够伴我度过这段闲暇时光了。

薄酒 · 清悠

我虽不曾饮过酒，但自幼受嗜酒的外公熏陶，对酒多少也有些了解。外公曾这样阐释品酒的学问：准备许多下酒菜，喝得杯盘狼藉，这是下乘喝法；几粒花生米，一碗豆腐干，和三五好友"天南地北"，是中乘喝法；一个人独斟自酌，"举杯邀明月，对影成三人"是上乘喝法。而这上乘的喝法，依林清玄所说，又可因时令而变化。万物复苏的春天，面对满园怒放的杜鹃细饮五加皮；骄阳似火的夏天，在满树狂花中痛饮啤酒；秋日薄暮，用菊花煮竹叶青，人与海棠俱醉；冬寒时节则面对篱笆间的忍冬花，用蜡梅温一壶大曲。此时，就到了"无物不可下酒的境界"。好酒要与好诗搭配，更能凸现出清悠的气质。"喝淡酒时宜读李清照；喝甜酒时宜读柳永；喝烈酒则大歌东坡词，其他如辛弃疾应饮高粱小口；读放翁应大口喝大曲；读李后主，要用马祖老酒煮姜汁道出怨苦味最好；至于李太白则浓淡皆宜，狂饮细品皆可。"林清玄一语便道出了陶潜"采菊东篱下，悠然见南山"的清悠境界。

凉水 · 清远

平淡无味的凉水是再普通不过的了。但每次在盛夏之时归家，妈妈总会为我准备那样一杯凉水。虽不似其他饮料透着丝丝酸甜的气息，却能让我从心底里感受到沉甸甸的母爱。原先浮躁的心情在凉水的洗涤下变得平静，我想，凉水是有时间触觉和生活气息的饮品吧，不太烫又不太冰，既能让人在成功后再接再厉，又能让人在失败中不至于灰心丧气，从无味中滋生出人生百味，在我们人生路途的前方勾勒出清远明晰的轮廓。

人生·清明

  其实人生也就是一种饮料，人生的滋味也会根据不同人的需求自行调配，而真正高明的人会荡涤去内心的尘埃，给他人留下一抹清明的记忆。而我却愿做一杯清咖啡，散发出属于生命原本的浓厚醇香，沁人心脾。

  只愿以清心也可，就已经足够。

老　屋

潘林钰

不知为何，总想起那间老屋。

老屋的屋檐是黑色的还是红色，我早已不记得了。记忆所能留下的只有模糊的印象和一点想象吧！

我不清楚老屋的年龄，也从没试图了解过。老屋本是我家的住所，后来家人认为地方太小，又在老屋旁建了幢两层的楼房。从那以后，老屋就总是被锁着了。

我在老屋的等待中出生，便注定与老屋迟到地相识。祖母总是喜欢将我安置在楼上，而我俯视老屋的机会也就多了。我会数着老屋顶上瓦片的数字然后蹦到祖母那儿报告去。

冬去春又来中，我逐渐厌烦了待在楼上，而楼下供我玩的地方实在不多，只有老屋前一块我无论怎么跑怎么跳也不会碰到障碍物的空地。于是在老屋的注视中，我又度过了几年快乐的时光。

真想看看老屋里藏着什么！那时的我热衷于寻宝故事，而老屋的神秘总让我想去撬开那扇门，我实在不是那块料，绣花针、牙签、发夹、石头……能试的都试了，可每次的结果都是我抱着最心爱的熊猫玩具一阵撕心裂肺的哀号。家人总以为我瞎玩儿摔倒了，每次哄哄我就算了。终于有一天，我尾随着妈妈走了进去，敲敲墙、踩踩砖，甚至蹲在那张破桌子下面考察了半天，却发现什么藏宝图都没有。我气愤地摔门而出，发誓再也不进去了。

不久，我放学的路上，老远就看见一群人在拆老屋，父亲告诉我，要建漂亮的新房子。那时家人的眼中，透露着无比的喜悦，而我却感到从未有过的无助。立在那儿，看老屋不断变矮，消失。我无比自责，或许是我没找到宝藏，才让老屋被拆的。

　　新房子建好，没有了一点儿老旧的痕迹，从此也很少听家人提起过老屋，似乎只有我还怀念着老屋，同时我也抱怨新房子。可现在我又听说，不久农村方整化，许多房子会被拆掉，我似乎一下子回到几年前被拆的老屋前，而对如今的新房子倒有点儿恨不起来了。

老人与茧

孔金巾

早晨，我和妈妈开着车来到了外婆家。一下车，外婆便吆喝道："快来帮摘蚕茧！"她的银发在空中飘舞着，似有些浮肿的脸上依旧深刻着一道道皱纹。

我兴冲冲地跟着外婆来到了茧室。一跨进门，那一个个雪白的茧子安静地卧在属于自己的小窝里，周围覆盖着细细的蚕丝，好像外婆的银发。

外婆坐在我身旁，佝偻着身子，手指轻轻地按下蚕茧，椭圆形的蚕茧便依偎在她那粗糙的小而胖的手中。她用手轻轻抚摸着，像对待自己的孩子一样，然后又缓缓地放到一个袋子中。

"孩子，今年我们订了许多蚕籽，忙不过来，常常要熬夜！"她低头说道。

初夏的晨风扫过，有丝丝凉意袭来，外婆显得格外疲惫与消瘦，那双眼下印着两个黑黑的框子，她伸出右手，捏着鼻根，摇摇头，似乎是为了赶走瞌睡，那染着深绿桑叶汁的指尖上，醒目地划着深深的裂缝，其中夹杂着红色的血印，那是蚕笼边缘亲吻过的印迹。

唉！一个六十几岁的老人，早应该歇歇了，却仍然不分昼夜地忙个不停！

不经意间，手上的力用大了，一个蚕茧被我按瘪了，我随手把它放到一边去，却恰巧被外婆发现了。她赶忙放下手中的活儿，弯下腰，脊椎骨的轮廓透过衣服，呈一个弓形。她两根手指头伸向前，慢慢地靠近，脸上的肌肉又绷紧了，看得出来，她很吃力，但还是小心地夹了起来，外婆怜惜的眼神、粗糙的手一同抚在那个凹进半个身子的蚕茧上，无奈地叹了口气，有点儿失望。

"不就是瘪了一个蚕茧吗，况且还能卖呢！"我不屑地吐出这句话，顺手从外婆手中接过那个瘪茧儿，扔到箩筐里。

她抬起头，说："轻点！小心弄伤了蛹哦！"她的眼角旁荡漾起温暖的波浪，有一丝心疼，也有一丝温柔。片刻后，她又埋下头，静静地摘着，那略显笨拙的手指小心翼翼地在笼眼间穿梭。哦，我明白了，这小小的莹白的每一个茧儿可不都是外婆细心培育的一个个生命？在外婆心中，缚在茧中的蛹儿哪怕是在沉睡，它都是有知觉的，采摘蚕茧时也是需要格外小心的，就像她伺候的小鸡小兔一样都是需要人精心呵护的！

是的，这一个个小生灵倾注了外婆多少汗水与心血！多少个露水清凉的清晨，外婆在桑树田里采摘桑叶至全身透湿；多少个月上中天的深夜，腰酸背痛的外婆跪行着，吃力地喂着桑叶。可是当那黑瘦的蚕儿一天天地变得修长白皙直至长成圆圆胖胖的成蚕，当那一个个透亮的蚕终于在自己的巢里安了家吐出丝结成晶莹圆润的茧时，外婆的欣慰和喜悦、呵护与怜爱又怎能用语言形容？

"面对凝聚了外婆心血和汗水的果实，难道我不应该格外珍惜吗？面对茧中那孱弱的生命，难道我不应当好好呵护吗？"不由地，我的脸红了，手中的动作却变得异常轻柔。

太阳钻出地平线，万物吮吸着光芒，渐渐苏醒了。阳光透过蚕室的窗户软软地倾泻在外婆的身上，给外婆罩上金色的丝衣。那个金光闪闪的老人倚在小椅子上，那被深绿的桑叶汁、红色血丝浸染的裂缝密布的手指尖轻轻地摘着、放着，清晨的风吹拂着她，莹白的蚕茧环抱着她……

在琴声里仰望星空

陈 婧

天空中没有星星，白日的浮华与喧嚣逐渐隐匿于那道黑帘子后面。巨大的黑幕被一道并不明亮的光华逼开，那是月温柔地将一片清辉送至我的窗前。我安静地坐在静夜的怀抱里，指尖艰难地蠕动着，吐出一个个并不连贯的音符，仿佛出了故障的录音带，明明很可笑，却仍在不知疲倦地叫嚣，直教人不胜其烦，昏昏欲睡。

曾经坚定不移地相信那是世间最难学、最乏味的乐器——吉他，这种造型别致、音色优美的"贵族乐器"，在乐手们手里占尽了风光，但一旦不幸落入我手，却彻头彻尾地失掉了它的灵气。对于这难于控制的倔强的东西，我早已没有了先前的热爱和痴迷。甚至，我是带着赌气的心理去摆弄它。

仅是练习"爬格子"，就耗去了近半个月的时间。琴板上的条条品格，好像道路中的重重障碍，我的左手笨拙地在其间翻越，重复着那枯燥无味的do、re、mi……时间久了，左手指尖被琴弦勒出道道血印，袭来难忍的刺痛，我几乎没有勇气再将这样的手指放到琴弦上去。

趁休息的空闲，我会抬头仰望窗外的夜空。昏沉沉的夜幕因少了星星的点缀而暗淡无光，生气全无。云雾漫天游走，不知来自何处，又将去往何方。连那美丽的冰轮也收敛了她的光华，躲藏到未可知的地方去了。万物都沉入了睡乡，没有谁愿意来陪伴我这样一个孤独而蠢笨的爬行者。只有那漆黑的夜空没有将我弃置一边，慷慨地赠我以一片阴影和那见不到希望的无奈。

有些颓然地摇头，继续"爬"。六根琴弦十八个品格变幻出无数个音，从第一品格"爬"到第一二品格，轮回反复，似乎永远"爬"不到尽头。

几团黑云匆匆滑过天宇，已经许久不见星光了。

当我再次来到学习班，未进门便听到那再熟悉不过的do、re、mi……同样是"爬格子",但这声音却远比我的响亮、有力,富有激情。我原以为是哪位同学在练习,仔细一看,不是老师又是何人!老师"爬"得那样专注,修长的手指在琴弦间迅速滑动,如此潇洒写意。我的心蓦地被触动了。回来的路上,老师的琴音一直萦绕在耳畔,仰望那没有涯际的夜空,一霎间我似乎明白了什么。

不知在第几个夜晚,我终于弹出了第一首曲子《天空之城》。抬眼瞥见的是天际的一颗明星,它以清丽绝尘的姿态瞬间跃入我眼底,透出绝世的孤高。不需要满天星斗,只一颗,便足以照亮整个天穹!

琴声自手指和琴弦之间缓缓流泻而出,悠悠飘向星空。那明亮的星星仿佛也在倾听,那闪烁的光芒,便是对我的应答。

无垠的星空呵,你的广博让我神往,让我沉醉,让我痴迷!

在琴声里仰望星空,我似是完成了一次灵魂的蜕变。它的博大,它的伟岸,它的澄澈,它的蕴藉深沉,洗尽了我心头的烦躁与不安。我感到前所未有的安恬舒适,连每一次呼吸、每一个心跳都那样细腻而真实,与琴声轻盈地交织,仿佛触手可及。在星空的注视下,一切冷漠、虚伪和伤痛俱散作飞灰,留下的是一个绝对真实的自己,还有那赤裸的、未染纤尘的最初的灵魂。是星空见证了我从"爬"到"走"再到"跑"的跨越,依旧是星空,以它那无边的浩渺让我懂得——没有什么不可能!

在琴声里仰望星空,我眼前慢慢浮现出另一个自己,展开饱满的梦的羽翼,飞向那飘逸着琴声的悠远星空。

笑遍全世界的草

陈芦盾

学校的草坪上，那一簇簇三叶草长得那么盛，绿得直逼你的眼。一个个小生命亲亲密密地挤在一起，向远处望去，整个宛如一个"绿色小岛"，镶嵌在枯黄的草坪上，像一颗跳跃的心形。大约是冬季了，寒流骤至，草儿也耷拉下了脑袋，于是，在荒凉的枯黄中，只剩那抹绿浓烈得耀眼。

雾气弥漫开来，浅浅的，朦朦胧胧的。瞧，三叶草在对着我笑呢！嘴咧得大大的。它的眼睛、鼻子、嘴构成了一个完美的组合。三片小叶子都是心形的，轴对称似的图案，我想这一定是上帝赠给人类的最精致的礼物吧！叶片的最外边深绿深绿的，绿得让我心醉，越向内，绿意渐渐淡了下来，却还是昭示着生机。

嘿！那是什么？我看见草坪边上有一小簇三叶草笑盈盈地站立着。不是很多，不是很高，叶片也不是很大，它们独自生长在荒凉的远方，一小片依偎着一小片，好像在相互取暖，多聪明的小精灵啊！几颗露珠淘气地沾在叶面上的小绒毛上，忽向左忽向右地打着滚，似乎在与三叶草嬉戏着呢！透过那圆润的"明球"，草儿的脸笑得更欢了，露珠的点缀好像给三叶草穿上了亮晶晶的霓裳，好美！

许久，太阳露出了脸蛋，露水也渐渐散去了，三叶草"固执"地伸长了脑袋，挺直了身体，两只眼睛直直地望向太阳，然后，送上一抹绚烂的笑容。阳光轻柔地泻在三叶草上，似乎又特别眷顾这一簇，是的，这倔强可爱的一小簇三叶草虽不像那些群生的茂盛，但在执着中又散发着另一种美丽———一种夺人眼球、摄人心魄的美丽。

我的目光久久没有离开那散发着生命之火的绿，这绿使我不能移开。这顽强的三叶草，不就是我苦苦寻找的吗？我忽然想摘下一片，可我怎么下得了手呢？因为，这是冬天最后的那抹绿啊！我的手轻柔地爱抚着它，它似乎也在抚摸我，暖暖的，柔柔的，每一根绒毛都涌动着生机与活力，我真真切切地触摸到了它充满生机的灵魂深处。

谁说只有"四叶草"才是真正的幸运草？我愤愤地想：也许四叶草真的是每几万株里才有一片，但是它们太娇贵了，柔柔弱弱的。只有三叶草笑遍了全世界，它们用真心对待一切，它们拥有的何尝只限于四叶草的幸运？我还看见了许多说不出的东西在闪烁。

我明白那是不可泯灭的永恒的光辉，我感激地望了望那一小簇三叶草，它们仍然蓬勃生长，挨挨挤挤地向着阳光微笑，向着光明伸展。我俯下身来，紧靠着它们，在心中默默许愿：来年，小小的、朴素的、美丽的三叶草，依旧紧挨，依旧盛开。

174

一扇红色的窗户

李晓阳

三年级的夜自修慌忙而又安静，每个人都像是被快速播放的默片里的人物。压抑的空间，安静中蛰伏着某种莫名的恐惧，好像会有什么突然窜入，夺去我们的时间与思想。

偶尔会有一个水杯倾倒，玻璃的，塑料的，金属的，各代表了不同程度的惊动，只在那一瞬，人好像都活了，但在下一个瞬间又恢复了正常，只余下一摊肆意的水渍。

这种时候，我都会去看一眼对面居民区里的那一扇窗户。

隆冬的夜是黑森森的，只在最远处近地的地方晕着一抹惨蓝，杂乱无序的民居早已进入梦乡，只有一扇窗还执拗地亮着，在一排黑洞洞的窗户里，它是那么迷人，上面挂着一层褪了色的红色绒布窗帘，被昏黄的灯光铺上了一层暖洋洋的光边，在夜幕下翻飞着。

我常会想象窗户里的情景。也许有一个安静而勤奋乖巧的女孩子在准备明天的作业；也许会有一个三流的作家在那儿构思文章，颤颤地写下几行字继而又重重划去。想到这些，我就会明朗起来，自修还是要继续，只是多了份温暖。

我常会有一种过去撩开窗帘的冲动，回家经过窗下，也常会想找个缝往里偷窥，但我终究是没这么做。我怕我撩起帘子时，里面的场景并不是我所想象的，那么，这扇窗也就失去了美好的意味。

这可能是我的习惯吧，看见太美好的东西总是不愿与其太接近。因为我知道即使是极品的青花，近了看也会有细小的气泡；即使是倾城的绝色，放在显微镜下也不过是一摊细胞的堆积。

所以我选择远远地看着，只读取其最美的部分，毕竟我爱它，爱的便是它的那部分美好。如果让美好化为平庸，那么不仅是那件东西的悲哀也是我的悲哀。

　　我很喜欢折子戏，因为不必看到开头和结尾。苏小小本就应该在十八岁的时候死去，我很难接受她嫁人之后叉腰骂街的形象。当玉兰花败时，见过其盛的人也必将为之叹息。

　　那扇红色的窗户，让它就那么亮着吧。也许多年之后，我还会记起那扇窗户，当然我会庆幸我那时没有试图去撩开它。

生命的韧性

仇 宇

早春的雨一润，一股泥土的芬芳就满溢在空气中。弟弟又照例撒下几粒葫芦籽。未隔几天，葫芦秧便张着小嘴儿，钻出地面打量着这个世界。每当此时，我总会想起关于葫芦的往事……

那年是我们第一次种葫芦。因没有经验，仲春时才种下几株。而后唯一的恩赐就是几瓢自来水。蛰伏了一星期后，葫芦芽才怯生生地探出头来。惨淡的颜色，细弱的藤，像不足月的病儿，让我失望至极。妈妈也来看我们的"成果"，极惋惜地说："种晚了。瞧这伶仃的模样，怕是活不了吧？"我摇摇头，叹口气。于是葫芦被我们置之脑后，任由其自生自灭。

是当年的春风格外柔？是当年的春雨格外润？还是燕子那细语呢喃唤醒了葫芦？一个清晨起床后，我习惯性地走到晾台边，刚要拿起牙缸，突然打住了：牙刷上居然绕上几圈绿藤！家中的晾台正对着门前的花圃，因为贪得那些新鲜空气，窗户常是打开着的。葫芦居然能看出这细微的差别，趁着夜色的掩护爬了上来。

它们扬着嫩生生的翠绿的脸蛋，一阵清风拂来，便像害羞似的抖动，却又透着一股骄傲劲儿。"该给它搭个架了。"妈妈不知什么时候也站在我后面，若有所思："它比我们想的顽强得多。"我匆匆奔向储藏室，高兴地拿了几根竹竿，招呼弟弟小心翼翼地把细藤绕在上面，又笨手笨脚地搭个架。欣喜之余，天天去看葫芦成了我们的"必修课"。

葫芦脱去了当初青涩的模样，蓬勃而充满朝气地生长。我每每出神地望着墙上的一斑驳痕想："明天大概爬不到这里吧？"第二天，它却早早爬在了驳痕之上。看着碧绿繁密的葫芦，我讶异着：当我们熟睡的时候，它却在抓着月光星光的尾巴生长，抓着梦的触角生长，抓着黑暗的筋骨生长！多么"可怕"的家伙！

到了仲夏，葫芦开起花，葫芦花是白中透青的，与整体绿极融洽，像星星在家中眨呀眨的。我便与弟弟数起花朵，每每数不一致，便兴致很高地争论不休又兼重数一遍。隔了几日又去数。"葫芦打纽了！"弟弟突然喊道。我大大诧异且欣喜了。凑过眼去瞧，果不其然，两只拇指长的青葫芦披着白色绒毛怯怯地躲在叶下。一月又一月，葫芦果和葫芦花的数一天变一个样，空气中满是一股别样的淡香。我们俩又早早地幻想起收获的情景了，甚至开始在长竹竿上绑上小刀，预备摘葫芦果了，把葫芦分别送给邻居小娃娃时，他们脸上的欣喜之情在脑海中预演了无数遍。

　　秋天的天气变化无常，一场霜冻不期而至。清晨，我向窗外一看，白花花的一片，心里"咯噔"一下——完了，忙急急走出门外。果然，葫芦的叶卷了起来，几枝冻伤的藤条透出黑色。"好疼。"我好像听见它在呻吟。一腔喜悦化为乌有。弟弟也跑了出来，瞪大眼睛，又用劲甩甩头："姐姐，葫芦还活着呢！"是吗？我狐疑地看去。

　　只见两三枝细藤还隐隐透出绿意，几瓣叶片仍青翠欲滴，经历一场严霜，葫芦还活着！我顾不上许多，默契地与弟弟一起剔除死叶，扶正支架，忙碌了好一阵。接连的好天气，让大地重又复苏。仅剩的葫芦没有了原来的气势，却仍攀着架子拼命生长。

　　又开花了，又结果了……葫芦果先是青得逼你的眼，又抹上了层白嫩嫩的粉，又从白粉中流出浅浅的黄，最后终于褪去了青色转成灿灿的金。我与弟弟把它们轻轻地从枝头摘下，打开葫芦嘴倒出籽儿来，数一数，正好一百〇一粒，费了几天时间，把葫芦晾干，将它们做了我书桌上最好的装饰品。

　　我每每摩挲着它们，心里总是会产生些许的感动——没有生命不能完成的事。顽强的生命所具有的潜力是无限的，正如"野火烧不尽，春风吹又生"一般，它们在生长，从地下到天空，从黑暗到光明，从死亡挺过来走向新生，直至结出生命的果实，算是完成了一次生命的旅程。带着这种感动，我才不会轻言放弃，并喜欢上每年种些葫芦，让这些小小的生命提醒我生命的韧性……

　　窗外，又是一年春风拂过，葫芦叶簌簌作响。望着窗外的绿意，我明白，那是生命的歌吟……

拥抱阳光

吴慧敏

　　西亚的热带森林里，生长着一种高三四米的常绿灌木。它的叶簇生在枝条顶端，叶片呈倒卵形，上面有明显的叶脉，常年接受阳光的浸润。它有一个特殊的功效，果实里含有糖朊等活性物质，能关闭舌部主管酸和苦涩的味蕾，开放主管甜味的味蕾。所以当你先吃它之后，再吃无论多酸的柠檬还是多苦的青果，你唯一的味觉，就只有甜。生活也正是如此，只要你拥抱阳光，敞开心扉，关闭自己的悲观味蕾，开放所有的甜蜜因子，阳光，就是注入生活的兴奋剂。

　　拥抱阳光，拥抱希望。阳光总以热烈和生机充斥在人们周围，它带来的枝繁叶茂带来万物复苏，更重要的，是它赋予人们生机与灵动。

　　二战期间，纳粹的特殊集中营里囚禁了十万多名犹太人，在这个死亡驿站里，不到两年时间，一万五千名孩子被编上名册，胳膊上烙印着数字符号，那是它们的死亡脚步。一个一个，按顺序被玩弄至死。多年后，人们从板壁底层，阁楼顶部，以及泥土里的铁皮箱中发现了孩子们的四千五百张画作和散落的诗歌！孩子们在画作一角标注了自己的名字……那是小埃卡的《瓶花》，有宽宽的叶片和大朵大朵的鸢尾，她七岁；那是海伦娜的《夜空》，有斑斑点点的寒星，她十一岁……撑起那些光亮的是一群犹太作家，他们让孩子们贴着阁楼窗，淋浴阳光体验蓝天、小草、树木，并让孩子们在记忆中再现天地、河流、自由的扁舟。幸存的孩子记下老师的话："画下大自然的呼吸，用太阳去定义黑暗。"集中营外那轮大大的太阳成了孩子们心头小小的明灯，照亮了一份憧憬，一份希望。孩子们呵护着这盏心灯，心灵没有走向枯竭，精神没有走向残缺，生命没有走向窒息，永远那样充满生机，充满灵动。

　　拥护阳光，拥抱爱。阳光是无私的，它将公平洒遍每个角落，它将爱贯穿生命始终并绵延无穷。

　　摄影家来到索马里难民营采访，想用相机记录下难民们水深火热的日子来唤醒世界的良知。难民们找出最整洁的衣服争相拍照，这时，一个小姑娘跑来要求拍照，胸前竟还戴了一串金光闪闪的项链，那是她用泥巴搓出的一个个小球然后涂些花粉串成的项链。可摄影家的胶卷早已用完。看着眼前这个脸色蜡黄、满眼渴望的小女孩，他知道这对她意味着什么，摄影家点了点头。他拿着相机的手在颤抖，他不能让这"笑脸"凋谢，她对着镜头微笑，他也不停地按着快门用一个个闪光灯骗过了她的期待。阳光下，那露着光圈的项链格外耀眼。非洲女孩的黑黑的脸和灿烂的微笑，在那一刻摄进了摄影家的心里，那是一群贫苦交加的人们对美好生活的渴望。女孩说："再没有比阳光更耀眼的光亮，那是上帝来自天堂的爱。"那金黄，成了最温暖的布景。

　　拥抱阳光，你就能不懈进取，不放弃追求和希望；拥抱阳光，你就在心底存有一丝温暖，怀抱一份温情，生活也就处处"阳光"。

细节之美

谢　然

一

每次走过那一条坡路，我都要靠有树的那一边走。因为在第三棵树下，有一朵黄色的花绽放。

它黄得很通透，由内而外地发出明媚的黄色，即使是在树荫底下，它也照样明媚而抢眼。

黄花一直静静地躺在树荫下，躺在土壤里，它不曾含苞待放，也不曾迎风溃败。它是一朵假花。

它永远保持怒放的姿态，骄傲地在暗地里炫耀它王者般的黄，如同一袭华美的金缕衣，如同一身华贵的黄金甲。我深深地为其倾倒。

后来有清洁工把它清理掉了。我只得哀叹那位清洁工不懂得欣赏。

每次走过那一条坡路，我都要靠树的那一边走，只为怀念曾经打动我心的那抹王者般的明媚的黄。

二

在女厕所的镜前邂逅一位精灵般的女子，小小的脸，大大的眼睛。

看啊，她的睫毛长长，美得像一排流苏；双层眼皮，勾勒出她圆圆的眼睛；瞳眸黑白分明，清丽而专注。

她在镜前撩拨她的刘海。她没有夹子，只有一个类似夹子的笔帽。秀发被纤纤细指三下两下就固定好了。

她又靠近些镜子，向左看看，向右看看——从哪个角度看，她都像个未经事的新生儿，单纯而美好。

随即她转过身来，露出一个满意的笑容，走了。宛若一个落入凡间的安琪儿，轻轻地来了，悄悄地走了。一片羽毛自她身上飘落，落入我的心间。

三

"快，快来！快来看看！"同学在不远处唤我。

我大步走到她身边，顺着她所指的望去——

嗬！好一轮明月！

暗夜中，它如此华丽地存在着，大大地浮在天边，犹如初升之日，散发着迷人的光彩，摄人心魄。圆圆的，圆得自然而安静，像是一位漫步于森林中的月光女神，巧笑倩兮，美目盼兮，温柔的目光流转于清澈的眼眸中。镶嵌着她的古铜色，仿佛是远古的沉淀，从万年深处款款而来。

我凝视她，把那一刻的绝美月光，刻在我的心上。我想生生世世陪伴在她身旁，永不分离。

月是怎样一位女子？直教人生死相许。

四

看见一只猫在太阳底下晒肚皮。

它懒懒地躺着，爪子置于耳边两侧，做投降状。梅花瓣状的爪印，此刻分外鲜明。高傲的下巴向前努着，只看得见它的嘴角隐没于脸上，想必它在满意地嘬笑。胡须高调地向外伸，自由舒展，仿佛在伸懒腰。两眼瞪着，刷子似的尾巴歪在一边。

它雪白的肚皮大大方方地展现在太阳底下，所有的霉气消失殆尽，全身上下都因温暖的阳光而舒适。

我只想像那只猫一样，在温暖的阳光下，感受这些细碎的美好。

红尘有你

鞠亚楠

有你红尘做伴，生命如陌上花开，不倦不悔。

琴　音

与钢琴的结缘早在我五岁时就埋下了伏笔，只是那时年纪还小，只知道钢琴可以发出清脆悦耳的声响，只喜欢搬着小板凳坐在钢琴的一旁，听老师把那些叮叮咚咚的音符串连成婉转低回的韵律。

慢慢地成长使我对这个世界有了认知，对世间万物有了自己的喜怒哀乐，逐渐地我爱上了钢琴。起初指尖落下的刹那，心花总如莲般婀娜绽放，在如墨的夜色娓娓道出心中的深情缠绵，如一个清丽绝俗的女子载着旷古的姿容歌舞升平。总爱在莫名孤单时弹琴，如吟诵一曲淡淡的清霜那般落寞，琴音像一道道疗伤的温泉汤药，一缕缕难解的愁顿时消融。

月如钩，秋似水，琴音悠悠，柔情脉脉。愈是爱得一发不可收拾，心境才愈加澄明。原来指尖落下的，分明是那颗安稳不乱的心。曼妙的旋律在指间萦绕，任凭身后有惊涛骇浪也会静若处子，心如止水，不起波澜。琴音，可以静养心灵，于我更是一份纯净的心音。

茶　香

茶没有咖啡一般的浓烈而沉重，也不及碳酸饮料那样爽心与激烈，却以持久而温厚的醇香使我钟爱。随时随处沏一杯香茗，心绪便会明亮剔透。品的是茶的真滋味，又未尝不是生活的真性情？

小时候喜欢喝菊花茶。先在薄薄的透明玻璃杯中放上几块甜甜的冰糖，再放入几朵菊花，用开水冲制，方可嗅到沁人心脾的芳香，幼稚的我还天真地以为茶本性恬美而馥郁。

爸爸总爱在客厅摆上一两套茶具，那古朴典雅的精致总是吸引了好奇的我，我自然知道里面是爸爸心爱的铁观音，于是便趁家中无人时细抿了一小口，刚要埋怨茶是如此的苦涩，却不觉然已有一股清香从唇齿间缓缓溢出。苦后又甘，茶如是，生活亦如是，生活该是那紫砂壶中流出的清淡工夫茶，虽然不会苦一辈子但总是会苦上一阵子。茶讲究注水八分，水满则溢，生活亦然，盛极而衰。"饮茶第一道苦若生命，第二道甜似爱情，第三道淡如微风。"茶香，乃是我心香。

书 韵

书籍可以传承一代又一代的精神，可以涤荡一个世纪又一个世纪的心灵。万事万物，唯书韵清透至极，于岁月的洗礼下锻造一篇篇传奇，一段段历史的跌宕起伏。

我热爱读书也喜欢写作，怡情书中，就会被字里行间纯粹的情致所感染，捧卷而读，掩卷而思，已不知不觉走入了书中。心灵的共鸣，思想的契合，如与一位相知多年的知己语谈，滋润了心中那方最柔弱的沃土。

与书邂逅这么多年以来，我始终认为读书读的是自然之心、人生之韵。读书是一份享受，也是心灵的慰藉。让飘飞的身心融进那千年的唐风宋雨，于笔墨之间纵横古今、驰骋中外。当手指轻捻书页，触碰到纸的纹路，蘸上思想的岫色，泛黄的书页中便有阵阵馨香弥漫，像暖暖的幸福感。独坐案前，坐拥书韵，如品人生之韵。

琴音、茶香、书韵，红尘有你，足矣。